번지다

번지다

이용익 두 번째 수필집

정출판

우거지

한여름, 창밖에 펼쳐지는 정경이 이채롭다.

비자나무에 앉은 새 한 마리. 가냘프고 홀쭉해 참새보다 더 작다. 머리를 박으며 먹이를 쪼아대면서도 짹짹거리는 중, 또 한 마리가 날 아든다. 짝을 찾는 신호였나 보다.

녀석들은 진득하지 않다. 사방을 두리번거리며 자주 자리를 옮긴 다. 주둥이로 박음질을 하다가도 몸을 서로 비벼대며 사랑을 확인한 다. 흥에 겨워 "짹짹" 노래까지 뽑아대 주변을 활기로 넘치게 한다.

갑자기 한 놈이 베란다 선반에 놓인 화분 수반에 내려앉는다. 목을 축이고 나더니, 온몸에 물을 묻혀 앉은 채 날개를 퍼덕이며 사방으로 뿌려대는 게 아닌가. 샤워다. 내 눈이 휘둥그레진다. 하나가 끝나자 또 다른 녀석이 들어서고, 그러기를 여러 차례 반복한다.

보기 드문 광경이다. 서로를 배려하며 눈 맞춤하고 교감하는 정경 이 싱그럽기도 하려니와 감탄을 자아낸다. 그들의 펼치는 사랑놀이가 내게로 번져, 내 이마를 '탁' 치게 한다. 작품 행간 속 독자들과의 교감 이 저 새들마냥 녹아든다면 얼마나 좋으랴.

첫 수필집, '석양의 메시지'를 낸 지 강산 한 번이 변했다. 수필을 정인으로 여기며 문학에 정진하리라던 다짐은 지금껏 다름이 없지만, 독자들과의 소통이 매끄럽지 못했다. 그래서일까, 책을 내는 게 두려움으로 다가와 그동안 머뭇거린 게 사실이다.

발효된 김치는 맛깔스럽다. 그 비결은 뜸 들이는 데 있다. 그 과정에서 유산균은 살아남아 특유의 맛과 향을 내는 김치를 숙성한다. 하지만 오랜 시간이 흘러가면 환경은 변하기 마련, 유산균이 살 수 없는 상황으로 치달아 우거지로 변한다.

요즘은 4차 산업혁명으로 접어드는 시기, 모든 게 급박하게 돌아간다. 이런 상황에서 작품을 컴퓨터 파일 속에 처박아두면 영락없이 김치 우거지 신세로 전략하겠다는 우려를 떨칠 수 없다. 과감하게 꺼내든 이유다.

수필 세계를 유영하는 걸 보람으로 여겨 뛰어들었다. 수필 몇 작품을 쓰고 나자 내가 가지고 있는 얘깃거리가 다 들통 났다. 수필 재제를 찾는답시고 예의주시하며 사물을 관조하고 세상사와 연결고리를 걸치려 애를 썼다. 고전 인문학을 섭렵하며 자그마한 사물을 작금의 세태와 접목해 확장해 나가는 맛, 어느 장르에서도 맛볼 수 없는 여정이라 생각한다.

감이 무르익고 단풍이 온 산야를 뒤덮고 있다. 풀벌레 소리 요란하나 점차 풀잎은 슬어지고 수목은 나신이 돼 온몸을 드러내겠지. 절로 사색에 잠기게 되고 나는 어디로 가고 있는지 되묻게 된다. 특히 코로나19로 집에 머무는 시간이 길어지는 시점이어서 이래저래 자신을 돌아보며 독서에 집중하는 시간이 많아지지 않을까 싶어, 여기에 타킷을 맞춰 본다.

오랜만에 제2수필집을 낸다. 너무 곰삭았다고 수군대도 할 말이 없다. 하지만 수천 년 전에 쓰인 고전이 오늘날까지도 독자들의 심금을 울리는 것을 보며, 문학의 저력을 믿기에 감히 세상 밖으로 작품을 내민다.

2021년 10월에

月村 이 용 익

차 례

1부 서리를 밟으면 결빙에 이르나니

2부 계륵의 약진

차 례

3부 네 주먹, 내 주먹

4부 내 몸속 이물질

차 례

5부 번지다

6부 아귀

1부

서리를 밟으면 결빙에 이르나니

낮과 밤의 기온 차가 극심해져 새벽녘에 서리가 내린
다. 머잖아 처마 밑에 고드름이 주렁주렁 매달리고 얼음으
로 굳어지는 계절로 들어선다는 메시지를 담고 있음이다.

깊어가는 여름밤
같이
공자천주穿珠

기름칠
너와 나의 경계
달도 차면 기우나니
서리를 밟으면 결빙에 이르나니
짓밟는 가운데 길은 트인다
편중

깊어가는 여름밤

주말을 맞아 애 엄마가 돌아왔다. 현관문을 들어서자 둘 사이에는 필이 꽂히나 보다. 다가가던 아기가 갑자기 뒤돌아서 할머니 품에 안겨 버리자 손을 내밀던 그녀의 허망함이라니. '어디 갔다 인제 오느냐' 투정하는 걸까. 그러면서도 눈은 엄마를 쫓고 있다.

오랜만의 해후. 식구들은 저간의 일들로 얘기꽃이 한창이다. 자연 관심은 아기에게서 멀어진다. 갑자기 녀석이 일어서더니 양손을 높이 들며 만세 시늉이다. 한 번으로 끝나지 않고 연달아 세 번.

무슨 의미일까. 스스로 일어설 수 있음을 엄마에게 보여주고 싶었겠지. 그걸 바라보는 놀라움은 컸으리라. 예기치 못한 녀석의 성장에 어찌 가슴 뿌듯하지 않을 수 있으랴. 와락 녀석을 끌어안고 '아이고, 내 새끼'를 연발하는 풍경이 깊어가는 여름밤에 내 가슴을 촉촉이 적셨다.

갈이

햇살이 온 누리를 누비며 초록 세상을 만든다. 새들 지저귀는 소리가 나뭇가지 사이를 타고 넘나든다. 싱그러운 5월이다.

현관을 나서든 막내가 비자나무 곁으로 다가서며

"나무가 심히 아픈가 봐, 잎들이 누러네요."

"무슨, 바닥을 살펴보렴."

침엽수 특유의 바늘 꼴 잎들이 시멘트 바닥에 널린 걸 보자

"아! 잎갈이 하고 있네요."

잎갈이라. 동면의 계절을 벗어나면 나무들은 삶의 의지를 다지며 잎갈이라는 여정으로 들어선다. 활엽수들은 혹한에 앞서 잎을 떨구며 맨몸으로 맞서는 반면, 침엽수들은 기나긴 인고의 시간 속에서도 푸름을 견지해 유연하게 대응함으로써 서로 다름을 보여준다.

매섭기만 하던 계절도 순환의 법칙을 어길 수 없는 일. 악착같이 대지를 휘갈아 대던 북풍한설도 '봄이 온다.'는 소식에, 가타부타 아무런 예고 없이 꽁무니를 빼고 온데간데없다.

들녘은 생명의 부활로 넘쳐난다. 남촌에서의 훈풍 소식에 너나

없이 새싹을 트이느라 부산을 떤다. 가지 끝에서 터져 나오는 물성을 보노라면 생명의 신비스러움에 탄성이 절로 나온다.

나무들은 새싹을 틔는 데만 힘을 쏟는 게 아니다. 새로이 진용을 갖추려면 과감하게 묵은 것과 여지없이 결별하는 매정함이 내장돼 있어야 한다.

잎갈이에서 두 부류는 크나큰 차이를 보인다. 활엽수들은 이미 가을에 홍역을 치렀기에 여유를 보태며 새싹을 틔는 데 진력할 수 있다. 반면 침엽수들은 새싹을 티며 묵은 잎을 떨구려니, 눈코 뜰 새 없이 바삐 돌아간다.

정원에는 침엽수 두 그루가 있다. 주목과 비자나무다. 잎갈이에 시동을 먼저 거는 쪽은 주목이다. 한참 지나서야 비자나무도 덩달아 잎갈이에 합류하는 듯싶다. 그래서인가, 주목은 6월경이면 마무리로 들어가지만, 비자나무는 본격적인 더위로 이어지는 7월까지도 잎갈이에 몰두한다. 봄부터 시작한 행진이 무더위에 찌드는 여름으로 이어지니 대역사라 하지 않을 수 없다.

봄부터 시작된 나무들 뒷바라지가 그리 쉽지 않다. 날마다 쓸고 또 쓸어도 끝이 없다. 쓸며 지난 자리를 다시 돌아보면 또 떨어져 있으니 난감하달 밖에. '언제면 이 노릇이 끝날까.' 뇌까리기를 몇 번이나 되뇌는지.

잎갈이는 연례행사로 반복되어야만 하는가. 오순도순 서로 도우며 살아갈 수도 있으련만, 너무 비정하게 내몰고 있잖은가. 새봄의 기쁨에 한껏 취해 들떠 있는 찰나에 이 무슨 청천벽력인가. 신구의 대결에서 여지없이 밀리고 있는 상황. 한 가닥의 끈을 놓지 않으려

안간힘을 쏟지만 순리를 거스를 수 없다. 이런 게 돌고 돌아가는 자연의 순환이며 이치인가 보다.

비자나무를 바라보며 지낸 세월이 얼마이던가. 내 키 정도이던 녀석이 두세 배의 우람한 체구로 변했으니 어느새 강산이 몇 번 뒤바뀌는 시간이 흘러가 버린 걸 알아차린다. 이제 팔순 가까이에 이르고 보니 비자나무 묵은 잎들의 비애가 남의 일 같지 않다. 떨어진 잎사귀를 화단 한쪽에 고이 모아 묻는다. 어서 자연으로 돌아가 윤회의 날개를 달라고 소망을 걸다 보니 잎들의 갈이 현상 속으로 풍덩 빠지고 만다.

잎들의 갈이 현상이라. 잎갈이를 길게 늘어놓은 말이지만 갈이는 잎에만 한정된 말이 아니다. 사람이 살아가는 인생사에도 갈이는 다반사로 나온다. 언뜻 떠오르는 게 물갈이다. 인적 쇄신도 그와 같은 의미를 함축하고 있다고 할 수 있다. 귤 농사하는 과수원에서는 해갈이란 말을 스스럼없이 쓴다. 이처럼 갈이는 우리 일상에서 흔히 통용하고 있으며 앞에 붙는 자구에 따라 그 의미가 조금씩 달라지기도 한다.

갈이는 삶과 죽음의 갈래와 뜻을 같이한다. 생명은 유한한 것. 일 년을 살다 떠나는 잎사귀들이나, 예순을 채우지 못하고 생을 마감한 진시황이나 다를 게 있는가. 결국 모두 자연으로 돌아가고 마는 것을. 불로장생한답시고 발버둥 친 게 촌극으로 남아 인구에 회자되는 것을 보노라면, 잎사귀들이 대지로 회귀하는 게 더욱 의연하다 할 수 있지 않을까.

이제 갈이에 대비하는 삶 속으로 들어가야 할 시점이다. 머리는 허예지고 눈은 침침하며 매사에 활력이 없는 걸 어쩌랴. 우연히 문학의 길에 들어서 동인들을 만나 행간을 노닐며 의미 있는 나날을 십여 년이나 누렸다. 앞으로 더 정진한다 해도 도토리 키 재기가 될 게 자명하다. 촉망받는 후배에게 길을 터 주는 게 갈이의 참뜻이라고 여긴다.

장마가 끝나서인가 무더위가 기승을 부린다. 비자나무가 떨굼을 삼가는 모양새로 돌아서고 있다. 계절은 그렇게 달라지는데 오늘 아침에도 이 마당쇠는 어김없이 빗자루를 들고나온다. 마당으로 떨어지는 바늘 꼴 잎들을 갈이와 이별을 동일 선상에서 되새김질하며 주워 담기 바쁘다.

공자천주 穿珠

처서가 코앞이다.

더위가 가실 때가 됐는데도 물러서질 않는다. 거리를 질주하노라면 아스팔트 열기로 한증막이 따로 없다. 안면이 후끈 달아오르더니 온몸에 땀이 배고 입은 내의가 축축하다. 에어컨을 켜지 않을 수 없다. 차라리 태풍이라도 불어 줬으면 하는 바람이다. 얼마나 더위에 지쳤으면 그런 생각에까지 이를까.

벌초가 난감하다. 문중 재무를 맡고 있어 앞장서 일을 추진해야 하나 선뜻 나서지를 못하겠다. 친족들이 땀을 뻘뻘 흘리며 고생하는 모습이 어른거려서다. 하지만 8월 말로 날짜를 확정해 놓은 상황, 잠시 추이를 살피기로 한다.

아니나 다를까 전화가 잇따른다. 대전에서는 벌초 일정을 문의해 오고, 경남 함양에서는 참석지 못하겠다며 성금을 보내 경비에 보태 달란다. 또 서울에서도 일금이 답지된다. 흐름이 하라는 쪽으로 돌아가니 그대로 결행하기로 맘을 굳힌다.

벌초 날, 뜬금없는 비다. '가랑비에 옷 젖는다.'는 속담이 있듯이 오랜만에 대지를 촉촉이 적셔주고 있으나 일을 더디게 할 게 분명한데 마냥 반가워할 일이 아니다. 우비를 준비하고 아내와 괸두리 술로 향한다.

괸두리술. 애월읍 용흥리에 위치해 서쪽으로 3~40분은 달려야 한다. 빗속을 달리는 차창 너머로 차량 행렬이 길게 줄을 긋고 있다. 거북이걸음이라 제시간에 닿지 못할까 조바심이 인다.

마음을 달리 먹기로 한다. 지나가는 차에 동승한 사람들을 살펴보니 하나같이 모자를 쓰고 있다. 조상님 묘소를 단장하기 위한 발걸음이다. 저 무리 속에는 비행기나 배를 타고 오거나 멀리서 온 사람들도 있겠다. 느닷없이 지극 정성으로 똘똘 뭉친 분들이라는 생각에 공자의 후예라는 염에 빠진다.

공자천주穿珠라는 사자성어가 떠오른다. 2,500년 전, 공자는 구슬 하나를 품속에 품고 유랑한다. '아홉 구비나 구부러진 구멍'을 지닌 것이어서 그에게는 부적이나 다름없는 것. 그 구멍에 실을 꿰려고 무진 애를 썼으나 거듭 실패한다. 진나라를 여행할 때 뽕 따는 아낙에게서 힌트를 얻고 꿀로 개미를 유인해 꿰는 데 성공한다.

어째서 공자는 이 구슬을 꿰려고 그리 연연했을까? '구슬이 서 말이라도 꿰어야 보배.'라는 말이 있다. 자신을 아홉 개의 구멍을 지닌 진귀한 구슬이라 여기고 자신을 꿰는 현명한 군주를 기다리고 있었던 게 아닐까.

하지만 공자의 열망은 수포로 돌아간다. 공자는 14년이나 실을 꿰어 주는 군주를 찾아 천하를 주유한 것이다. 반면 공자 말년인 여섯 해 동안은 아홉 개의 구멍에 그의 학문과 사상을 실로 꿰는 데 진력한 시기라 할 수 있다.

공자가 남긴 인仁의 사상. 그것은 동양인의 흉중에 살아 움직이는 유림이라는 숲이다. 공자가 심은 씨앗 하나가 발아해 울창한 학문적 숲을 이뤄 우리의 정신세계를 우거지게 한 것이다.

2,500여 년이라는 세월이 흘렀다. 서양문명에 물들고 사회가 글로벌화해 세상은 빠르게 변하고 있다. 그런데도 우리의 밑바닥에는 인의 사상이 짙게 깔려, 그의 정신세계에서 벗어날 수 없다. 그래서 한가위를 앞두고 조상님 유택을 단장하고 추모하러 달려가고 있는 것이다. 모든 일 제쳐두고.

드디어 괸두리술이다. 조상님들 60여 구가 잠들어 있는 곳. 잔디를 깔고 정원수로 사방을 두르며 가문의 유래와 윗대의 행적을 적은 비문을 세워 각종 부대시설물을 갖춰놓아 공원처럼 아늑함이 감돈다. 지명을 따서 '괸두리술공원묘지'라 하였다. 이곳은 닭 둥지를 빼닮았단다. 부지를 물색 중에 여기를 둘러보던 지관은 '암탉이 알을 품고 있는 형상'이라며 입에 침이 마르도록 너스레를 떨었었다.

조성하는 데 많은 어려움이 뒤따랐다. 친족들의 의견을 조율하고 길을 내며 예제 흩어져 있는 조상님들을 모셔오기를 1년여. '간사'를 맡은 친족 한 분의 희생적 봉사로 이런 가족공원묘지가 탄생한 것이다.

추적이는 빗속에 기계 소리 요란하다. 다들 우비를 걸치고 있다. 서울, 부산, 대전, 원주에서 온 친족들이 고향 분들과 합세해서 묘지를 손질하고 있다. 여자분들도 잔디 틈새에서 버둥대는 잡초들을 뽑아내느라 여념이 없다. 숙연한 분위기여서 인사하는 게 멋쩍다. 뒤늦게 대열에 합류해서 바지런을 떨어 본다.

족히 30명은 모였다. 몸이 아프거나 할 일이 있어 참석지 못한 친족들도 있겠으나 탓할 수는 없다. 그들도 오늘만큼은 이 시간, 여기에 마음이 와 있을 테니까.

날씨가 개었다. 한마음으로 일하는 우리를 어여삐 여기서 조상 님들이 비를 멎게 한 게 아닐까. 두어 시간여 만에 단장된다. 제상 을 차려 조상님들께 인사하며 편히 잠드시기를 축원한다.

여기는 친족들이 한마음으로 이어질 수 있는 마음의 고향. 언젠 가 내 육신은 물론 영혼마저 잠들 곳이라는 생각에 마음이 안온하 다.

월촌천주를 그리며 여생을 완성의 길로 향하는 삶을 이어 갈 수 는 없을까.

기름칠

아내와 마실을 다녀오는 길이다. 대문 키를 자물통 구멍에 들이밀고 시계방향으로 트나 문이 꿈쩍도 안 한다. 발끝으로 문을 툭툭 건드리자, 그제야 마지못해 슬며시 열린다.

'매를 버네.' 중얼거리며 대문을 지나치던 중, 뭔가 생각나는 게 있다. 혹시 녀석이 심술을 부리는 건 아닌지. 돌이켜보니 설치한 지 수십 년이 흘렀는데 무심도 하지 여태껏 신경 써본 적이 없다.

'그래, 한번 손대 보자.' 중얼거리며, 신발장 한쪽 구석에 죽치고 있는 재봉틀 기름을 꺼내 문고리에 뿌려댄다. 들어가는 족족 널름 널름 받아들이는 게 아닌가. 목마른 자 물을 마시듯.

문밖으로 나왔다. 자물통 구멍에 키를 대고 돌리자 문이 스르륵 소리 내며 열린다. '하하, 기름에 목이 메어 그랬던 거로구먼.'

기름칠이라. 쇠에 기름을 묻히는 걸 이른다. 바로 윤활유다. 그게 때맞춰 공급되면 기계가 매끄럽게 돌아간다. 그것은 기계에만 한한 게 아니다. 밭에 퇴비를 깔아주면 농작물은 얼씨구나 하고 무럭무럭 자란다. 이렇듯 기름칠은 세상만사 어느 곳에서나 통용된다. 그게 복작복작 살아가는 세상살이에서는 삶에 활기를 더욱 불어넣어 줄 것이다.

한파가 기승을 부리는 어느 날, 처남이 느닷없이 다녀갔다. 말고기를 한 아름 싸 들고서. 그걸 보자 입이 딱 벌어진다. 찬 기운이 뼛속까지 파고드는 엄동설한인데도 이렇게 들고 오다니, 정성의 지극함에 눈시울이 붉어진다.

묵직하다. 팔에 힘을 쏟으며 힘줄을 뻗대 잰걸음으로 부엌 식탁 위에 내려놓는다. 이걸 우리 내외만 먹기엔 넘치겠다는 생각이 든다.

"이게 애들에게 좋다니 나눠 주는 게 어때요?"

"나도 그렇게 생각하는 중인데."

아내의 제안이 반갑다. 서둘러 밖에 나와 보니 땅거미가 지고 있다. 아직도 도로는 퇴근길이라 인파로 차량들이 넘쳐난다. 봉개를 지나 중산간도로로 접어들자 비로소 한산해 시야가 확 트인다.

막내는 대흘 한흘마을에 산다. 3~40분을 달려 도착했다. 애들이 '할머니'하며 뛰어나온다. 손자 손녀다. 오랜만의 만남이라 반갑기 그지없다. 할머니는 '아이고, 내 '새끼들' 하며 연신 애들을 쓰다듬으며 말 걸기에 바쁘다. 가져온 걸 안기고 돌아서려는데, 애들이 손을 부여잡고 막무가내로 집안으로 끌어들이는 게 아닌가. 안으로 들어가며 힐긋 옆을 살펴보니 나무토막이 곳곳에 쌓여 있다.

보일러를 틀어 거실은 따뜻하다. 게다가 막내가 나무토막을 나무보일러에 들이밀고 불을 때니 열기로 훈훈하다. "부러 나무보일러를 땔 필요가 있냐?"고 묻자 "연료를 충분히 마련해서 괜찮다."고 한다.

"땔감을 어떻게 모았는데? 하자 "카페를 경영하는 어느 지인이 거저 줬다."고 한다. 코로나19가 제주를 강타하자, 당국에 협조하는 차원에서 당분간 문을 열지 않기로 결정, 산처럼 쌓여 있던 땔감을 막내에게 넘겼다는 게 아닌가.

이럴 수가. 마음이 넓은 분이다. 카페 문을 닫는 데 대단한 용기가 필요했을 텐데. 땔감을 그대로 방치했다가 다음 해에 쓰면 될 걸, 아낌없이 주다니. 얼마나 고마운 일인가. 막내와의 우정이 막역함을 미루어 짐작할 수 있다.

신고 온 나무토막들을 그대로 쓰기에는 거칠다. 손을 봐야 한다. 이삼일에 걸쳐 알맞게 톱질해 모양을 낸다. 그중에서 쓰기 편한 토막들을 골라 트럭에 가득 싣고 노형 외삼촌 댁으로 가져갔단다. 그걸 맞이하는 순간 얼마나 반갑고 애틋했을까. 생각지도 못한 일에 어안이 벙벙했겠지.

그런 관계는 어느 곳에서나, 누구에게서나 이루어지는 게 아니다. 외삼촌 댁 거실에 나무보일러가 있으니 동병상련의 마음이 일기도 했겠지만, 둘 사이에 얼마나 밀접한 왕래가 있었는지 알 수 있는 대목이다.

주거니 받거니다. 외삼촌은 신의를 모토로 살아온 분. 받으면 곱빼기로 갚아야 성이 차는 성미다. 땔감을 받고서 가만있지 못했겠지. 말고기를 대하자 누나 댁으로 발걸음을 옮긴 것. 조카에게로 가는 건 마음이 내키지 않았던가 보다. 그런 사연이 깔려 있는 줄도 모르고 내가 감동했으니, 아무래도 내가 아둔했던 것 같다.

기름칠은 배려다. 상대방의 가렵고 버겁고 갈구하는 곳을 이해하고 긁어 주며 채워 줘서 잘 돌아가게 한다. 처남과 애들은 돈독한 관계를 잘 유지하고 있다. 사회생활에서 접하지 못하는 어쭙잖은 일들이 얼마나 많을까. 그럴 때마다 삼촌을 믿고 존경하며 상의해서 함께 풀어가는 모습이 살갑게 다가온다.

하지만 기름칠은 자칫 비난의 대상이 되기도 한다. 삼국지연의에 보면 동탁이 여포를 자기 휘하에 들이기 위해 모계를 꾸민다. 귀가 얇고 단순했던 여포는 하루에 천 리를 달린다는 적토마에 현혹돼 양부를 죽이고 동탁에게로 가는 우를 범한다.

기름칠이 낳은 비극이다. 예부터 이런 참상은 차고 넘친다. 오늘날에는 청년 취업이 바늘귀 구멍 뚫는 것만큼이나 힘겹다. 승진과 벼슬, 투자 모두 이걸 더하지 않고 되는 일이 없다.

기름칠은 진화 중이다. 리베이트도 수그러들 줄을 모르지만, 포퓰리즘이 코로나19에 편승해서 국민의 아픔을 치유한다는 명목으로 세상을 파고들고 있다.

이세돌과 알파고의 바둑 대결. 그것은 AI가 인간보다 우수함을 보여 줬고, 머잖아 산업 전반에 미치는 영향이 심대함을 말해 준다. AI 종사자와 그렇지 못한 자로 양분돼 일자리 얻기가 하늘의 별 따기로 될 게다. 빈부 격차는 갈수록 심화, 헐벗은 자들이 속출해 삶의 방식이 달라진다. 누가 이들을 먹여 살릴 것인가? 국민을 기름칠하는 일은 국가 기업 모두에게 연구과제로 다가올 것이다.

다시 한번 주거니 받거니를 아로새기며, 처남에게 기름칠할 기회를 엿보는 중이다. 메아리에 응답을 해야겠기에.

너와 나의 경계

손가락 하나가 느닷없이 까탈을 부렸다.

무더위에 피서한답시고 거실에 앉아 TV를 시청 중이다. 무심결에 오른손 엄지가 약지를 살포시 누르고 있지 않은가. 약지 손톱 옆으로 바늘 굵기의 살갗이 찢겨져 너덜거리는 걸 막느라 그랬던가 보다.

손톱 옆으로 비죽이 찢겨 나온 살갗을 손거스러미라 한다. 그걸 내버려 두면 갈수록 살갗이 찢겨진다. 일하다 보면 어느결에 덧나버리니 자연 조심하게 된다.

신경이 거스러미 쪽으로 쏠린다. 잘라내야 한다. 손톱깎이가 필요한데 그것은 안방 화장대 서랍에 있다. 부엌에서 설거지에 열심인 아내에게 부탁하려니 양심에 찔린다. 무릎을 부여잡고 낑낑대며 일어나 손톱깎이를 가져온다. 왼손으로 그걸 잡고 오른손에 생긴 말썽꾸러기를 싹둑 자른다. 약 1센티쯤 되려나. 통증이 멈춘 듯도 하려니와 시원하기까지 하다.

거스러미를 버릴 마땅한 곳을 찾아 두리번거린다. 오른쪽에 있는 베란다가 떠오른다. 몸을 기울여 방충망을 열고 그것을 베란다에 놓는다. 내일 아침 청소할 때 정리하면 될 테니까.

다음날 베란다를 비질하는 중에 그 손거스러미가 생각난다. 어떻게 된 일인가. 아무리 눈을 굴려도 찾을 수가 없다. 종적이 묘연하다.

누가 옮겨간 걸까. 의심이 가는 녀석은 고양이와 개미들. 그중에도 개미 쪽에 무게가 더 실린다. 개미 몇 마리가 달려들어 옮겨 가는 장면이 눈에 선하게 펼쳐진다.

어째 기분이 묘하다. 그 손거스러미는 내 몸의 일부였지 않은가. 어젯밤 그것을 '영치기 영차' 하며 개미집으로 옮겨갔을 텐데, 나는 아무것도 모르고 잠만 쿨쿨 잤지 않은가. 끌려가는 모습이 아른거린다.

손거스러미는 내게 어떤 존재였나. 내 몸의 일부였다. 오른손 약지를 이루고 있었는데 분란을 일으켜 삐져나왔다가 잘려나가는 시련을 맞았다. 거스러미에도 혈관이며 신경이 들어 있을 텐데 왜 내게 위급 상황을 알리지 않았을까. 일단 잘리면 나와는 상관없는 객체로 변해서 그런 것이다.

객체란 무엇인가? 나와는 떨어져 있는 별개다. 떨어져 있으니까 신경이나 호르몬을 통해 서로 교신할 수 없는 상태다. 도마뱀에서 잘려나간 꼬리라던가 사람 몸에서 끊임없이 떨어져 나가는 편린과 다름없다.

잘려나간 하잘것없는 손거스러미에 관심을 가지는 이유가 수상쩍다. 이미 내 몸에서 떨어져 나간 존재라 신경을 꺼버리면 그만인데 왜 자꾸만 문제를 제기하는가. 그대로 내버려 두어도 아무도 뭐라 하지 않는다. 하지만 지금은 21세기가 아닌가. 생명공학이 바로 옆에 도사리고 있으니 아무렇게나 넘어갈 일이 아니다. 짚고 넘어 가야 한다.

사람은 구분 짓기를 좋아한다. 경계 긋기다. 이웃집 사이에 울담 이 있듯 밭과 밭 사이에 밭담이, 나라 사이에는 국경이 가로놓여 있다.

구획된 경계는 언제 어디서나 유효한가. 시간이 지나 상황이 바 뀌면 경계가 달라지는 건 아닌지. 한 동네 이웃끼리 경계선을 놓고 법정으로 비화하는 사례가 번다하다. 독도를 놓고 일본의 우격다 짐이 첨예하다. 지구촌 곳곳에서 국경 분쟁이 뉴스거리로 등장하 는 일이 줄을 잇지 않는가.

너와 나의 경계는 어떤가. 지금까지 '너는 너. 나는 나' 라고 명확 하게 가른 게 사실이다. 특히 내 몸속에 들어 있는 장기며 조직들 은 모두 내 것이라고 확신해 왔다. 그런 확신이 얼마나 애매모호한 것인가를 요즘 들어서야 눈뜨게 돼간다.

내 혈관 속으로 들어가 보자. 쉴 새 없이 온몸을 돌고 있는 혈액 속에는 적혈구와 함께 백혈구도 있다. 이 중에서 백혈구는 우리 몸 을 방어하는 데 최선을 다한다. 잇몸이 부었다는 것은 병원체가 침 입해서 생활 터전을 확보하기 위한 공작이다. 이물질이 똬리를 틀 고서 날뛰니 어찌 아프고 붓지 않을 수 있으랴.

병원체가 침입하면 우군인 백혈구는 다급해진다. 상처 부위로 득달같이 몰려들어 병원체와 접전을 벌인다. 종양세포나 이물질들 을 가차 없이 잡아먹으며 세균, 곰팡이, 바이러스를 막고 알레르기에도 제동을 건다. 서로 치고받고 하다 보면 때론 백혈구가 다쳐 전사하기도 한다. 백혈구가 죽고서 흉측한 시체로 변한 게 고름이다. 나를 위해 싸우던 지킴이들이지만 이젠 고름으로 변해 버려 되레 우리 몸을 공격하고 아픔으로 몰아넣기까지 한다. 우군이 아니라 적군으로 돌변한 것이다.

백혈구는 내 몸속 경계가 불분명함을 말해 준다. 어제까지 나였던 게 오늘은 너로 바뀌었으니 그 경계를 가르기가 쉽지 않다.

불분명함을 따진다면 내 몸속 최종 방어벽을 치고 있는 항체도 뒤지지 않는다. 혈청 속에 들어 있으면서 백혈구가 놓친 세균과 바이러스, 암과 같은 이물질들을 물리치고 몸을 보호하는 임무를 수행한다. 최종 수호신이랄까. 우리가 믿고 의지할 수 있는 것, 오로지 항체다.

하지만 완벽 신뢰를 구축해야 할 항체가 삐딱할 경우도 있다. 이물질의 방어에 전력해야 할 녀석이 너와 나의 경계를 넘어 내 몸을 적으로 오인하고 마구 공격을 감행하는 것이다. 기가 찰 노릇이다. 류마치스성 관절염이 그런 메커니즘에 기인한다. 고름은 짜내 도려내면 그만이지만 항체는 혈청 속에 꼭꼭 숨어 암약하니 손을 대기가 쉽지 않다. 최종 수호신이 거꾸로 내 몸을 공격하니 어찌 당할 수 있으랴.

어젯밤의 거스러미는 내게서 잘려나간 객체다. 일단 떨어져 나갔으니 나와는 상관이 없는 것이다. 하지만 서운함이 가시지 않은 걸 어쩌랴. 큰 틀에서 보면 그게 개미들의 입이 아니라 생명공학자의 손에 들어갔더라면 문제는 달라질 수도 있지 않았을까.

생각할수록 나와 너의 경계가 모호하다. 형제간이라 하더라도 장난감 하나 놓고 울고불고하지 않는가. 내 몸속도 그런 성싶다.

달도 차면 기우나니

새벽녘, 인근 교정을 거닐다 무심코 창공을 올려다본다. 하현달이 옅은 구름 사이로 넘나들고, 북두성이 나를 내려다보고 있다. 그 틈새로 뭔가 움직임이 포착되는 게 아닌가.

처음에는 유성인가 했다. 아니었다. 그런 것은 빛의 포물선을 그으며 순식간에 사라지기 일쑤인데 창공을 유유히 가르고 있지 않은가. 번쩍번쩍 교차하는 빛이 날개를 퍼덕이는 거로 겹쳐 다가오자, 그것은 용이라는 염에 사로잡힌다. 놀란 눈을 치뜨고 바라보기를 얼마나 했을까.

용이라니. 넋이 나간 사람처럼 창공을 유영하는 물체를 쫓아 한참을 응시하는 중에 그만 녀석을 놓쳐 버린다. 계속 지켜보는 걸 눈치채고 구름 사이로 숨어 버렸나. 더 교감할 수 없음이 안타깝다.

순간, 주역周易에 등장하는 용들이 떠오른다. 무엇이든 처음부터 완성 단계로 우뚝 서는 건 없다. 어린싹이 모진 비바람을 견뎌내고 병충해와 맞서 싸우며 장구한 세월을 거쳐 거목에 이르듯 용들에게도 뭇 과정이 있는 것이다.

주역은 용을 여러 단계로 가른다. 태어난 뒤 물에서 자맥질을 일 삼던 잠룡潛龍은 얼마의 시간이 지나면 논밭에 출현하기도 한다. 더 성장하면 내일을 꿈꾸며 심신 수련에 진력한다. 뛰는 일은 삼간 다. 더 발전하면 하늘을 날기도 하나, 즉시 못 속에 잠겨 힘을 비축 한다. 때가 되면 비바람을 뚫고 솟구쳐 올라 하늘을 나는 비룡飛龍 이 돼 온 천지를 굽어볼 수 있는 위치에 이른다. 또한 절정에 이르 렀지만 모든 짐을 내려놓아야 하는 항룡亢龍도 있다.

용들에게도 모든 짐을 훌훌 털고 물러나는 때가 있다니, 우리 인 생살이와 별반 다르지 않다. 혹시 주역은 사람을 용에 빗대어 살아 가는 이치를 파헤치는 건 아닐까. 천지조화를 일으키는 비룡을 왕 이나 천자로, 비탄에 잠긴 항룡을 상왕으로 비유해 인간사를 관조 하고 있음이라.

내가 눈여겨보는 건 항룡이다. 절대 권력을 쥐락펴락하던 그도 자연의 순리를 거스를 수 없는 법. 영원이란 어디에도 존재하지 않 기에 언젠가는 물러나야 한다. 아침에 떠오른 해도 때가 되면 지기 마련. '항룡에게는 후회가 있다.'는 말이 그래서 나온 걸까.

주역은 항룡의 후회를 들춰냈다. 고대 중국에서도 항룡의 위치 에 이른 자들이 후회하는 일이 비일비재함을 역사는 말한다.

중국 당나라 현종은 개원의 치를 이루었다. 화적법을 시행하고 부병제를 모병제로 바꿨다. 태종 이세민에 비견되는 찬사를 받을 만큼 정사에 정진했으나 그게 다 무슨 소용인가.

노년에 이르자 망조가 들었나. 정치에 염증을 느낀 나머지 천자 가 집행해야 할 국사를 신하들에게 맡겨 버리고 양귀비와 로맨스

엮기에 골몰했으니.

더욱이 치명적 실책이 불거진다. 절도사는 한 구역에서 2년을 복무하면 다른 지역으로 자리를 옮겨야 하나, 그 규정을 흘려버린 것. 안록산은 3개의 절도사를 아우르고 있을뿐더러 그런 규정을 넘기기를 여러 차례. 인사 행정의 난맥상을 짐작하고도 남겠다.

비대해진 안록산이 흑심을 품을 건 당연. 난을 맞은 현종은 추락의 길로 들어선다. 목숨을 부지하기 위해 사천으로 황망하게 걸음을 재촉해야 했고 사랑하던 여인도 병사들에게 무참하게 살해된다. 자신의 무기력을 한없이 통탄했으리라.

몇 년이 지나서야 겨우 난이 진압된다. '이제 고생 끝이구나.' 한숨 돌리는 찰나 아들이 자기 뒤를 이어 등극했다는 소식을 접한다. 손발이 다 잘린 거나 다름없는 그로서는 태상왕으로 자족하며 장안으로 돌아온다.

세태가 달라졌음을 실감할 수밖에. 그의 측근들은 귀양길에 오르고 그 자신도 태극궁으로 거처가 옮겨져 유폐나 다름없는 생활에 직면한다. 두고두고 후회의 눈물을 흘렸으리라.

당 현종만 그리됐을까. 아니다. 동서고금의 역사를 더듬어 보면 뒤로 물러난 상왕들은 거지반 후회와 자숙의 나날이 끝없이 이어져 왔다. 그런 일은 현대사에서도 등장한다. 최규하 전 대통령이 '나는 항룡이기에 재판대의 증인으로 설 수 없다.'라는 부르짖음은 인구에 회자한다. 그가 얼마나 자중하며 근신했었나를 엿볼 수 있는 대목이다.

21세기로 들어서자 세상이 달라졌음을 실감한다. 급속한 산업화

와 경제성장이 가져다준 선물인가. 물질적으로 삶이 풍족해지는가
싶더니만 전통적 윤리의식과 가치관이 혼돈 속으로 빠져들고 있
다. 대가족제도가 무너지고 그 대신 핵가족이 똬리를 틀더니 가장
이 설 자리를 잃고 만다.

가장이 누군가. 가정의 장이요 마을의 원로였다. 주역에 등장하
는 비룡이라 할 수 있다. 대가족이 해체되면서 항룡으로 물러서는
가 싶더니만 갈 길을 잃고 후회의 나날을 보내는 자들로 신문이 도
배되는 현실이다.

주역이 탄생하던 고대부터 오늘에 이르기까지 항룡이란 존재는
시련의 연속이었다. 나도 그런 반열에 들어섰다. 그에겐 후회가 있
다는 얘기를 흘려 넘길 수 없다. 가슴이 탄다. 그들이 걸어가야 할
길은 어딘가.

달도 차면 기운다고 한다. 그 의미를 당연히 받아들여야 하지만
나는 인간이 아닌가. 주역이 알려 주는 자연의 순리를 곧이곧대로
받아들일 수 없다.

비룡의 삶을 견지해 나감이 좋으련만. 그것은 주체적으로 자기
관리를 하는 데 있다. 일찍이 프랑스의 여류 소설가 시몬느 보브아
르는 '호기심을 잃을 때 노인이 된다.'고 했다. 가슴을 활짝 열고 호
기심으로 눈을 반짝이며 뜻을 굳건히 세우고 여생을 뚜벅뚜벅 걸
어 나가련다.

서리를 밟으면 결빙에 이르나니

2018년 소한小寒이 지나자 상상을 초월하는 한파가 온 누리를 삼킨다.

눈보라를 머금은 강풍이 괴성을 지르며 대지를 가르니 심신이 오싹하다. 야음을 틈타 구르고 날며 부딪는 소리가 잠결을 파고든다. 수목들이 가엽다. 맨몸으로 절규하며 한설과 맞서는 그들의 한살이가 애처롭게 다가온다.

새벽에 창문을 여니 다른 세상이다. 하얗다. 지붕과 담장은 물론 수목들마저 파묻혀 고요하기 이를 데 없다. 간밤에 그렇게 투덜대던 강풍은 어디로 다 가고 이토록 순수함만이 남은 걸까.

산책길. 뽀드득뽀드득, 발자국을 남기며 걷는다. 청소년문화의 집 장원월드컵아파트를 지나 인근 교정으로 향하다 발걸음을 멈칫한다. 정문에 도달하기 직전의 인도가 빤짝빤짝 윤이나 미끄러지기 십상이 아닌가. 이른 시각인데도 사람들 왕래가 번다해 이리 다져지다니.

문득 '서리를 밟으면 결빙에 이른다.'는 성현의 말씀이 떠오른다. 옛사람들은 무슨 얘기를 하려고 이런 말을 남겼을까. 어디서나 현상은 끊임없이 일어나며 그것은 순차적으로 성장하고 변화함을 뜻하는 게 아닐까.

서리는 가을에 나타난다. 오곡이 무르익고 과일들이 제 색채를 띠는 계절로 들어서면 낮과 밤의 기온 차가 극심해져 새벽녘에 서리가 내린다. 머잖아 처마 밑에 고드름이 주렁주렁 매달리고 얼음으로 굳어지는 계절로 들어선다는 메시지를 담고 있음이다.

옛사람들은 창공을 떠다니는 구름이며 밤하늘의 별자리, 개구리 울음소리에서 날씨를 예측하며 길흉을 점쳤다. 서리가 내리는 징조를 통해서도 내일을 내다보는 안목을 키웠으니, 선조들의 지혜에 감탄을 금치 못한다.

내게 고민 하나가 불거졌다. 언제부턴가 거북목이 달라붙은 것이다. 고개를 길게 늘어뜨리고 서 있거나 걸어가는 모습이 얼마나 흉측하면, 몸을 곧추세우라고 만나는 지인마다 충고를 해댈까. 정신 줄을 놓기만 하면 어느새 원래대로 돌아가 버리니 문제로다. 내의지의 나약함에 분통을 터뜨려보나 그때뿐.

왜 이런 결과에 이른 걸까. 어떤 일이든 결과에 앞서 원인은 있기 마련. 단번에 그리된 게 아니다. 원인들이 쌓이고 싸여 결과를 배태하는 법. 그 줄거리를 찾아 나선다.

최근 스마트폰이 출시되면서 나와 같은 형상을 한 사람들이 늘고 있다. 사람들이 스마트폰에서 눈을 떼지 못한다. 버스나 전철탄 사람들은 거지반 스마트폰을 들여다보기에 여념이 없다. 길을 걸어가면서도 보고 또 본다. 전봇대에 부딪히는 일은 다반사요 연못 속으로 곤두박질쳐 물을 흠뻑 뒤집어쓰기도 한다. 그러니 거북

목을 키우는 결과로 이어질 수밖에.

내 일생은 고개 숙이기의 연속이었다. 교재를 연구한다며, 바둑을 두며, 칼럼과 수필을 쓴다며 고개 숙이기를 얼마나 했던가. 그런 일상이 이어지다 보니 고개를 늘어뜨리는 증상을 갖게 된 것이다.

그런 내게 성 손자가 생겼다. 이름은 이주한. 고고의 소리를 지르며 세상에 모습을 드러낸 것은 3년 전. 손주 넷에 이어 얻었으니 눈에 넣어도 아프지 않을 지경. 지아비는 조상님 대할 면목이 섰다고 흐뭇한 표정이다.

녀석의 인지기능이 점차 좋아지는 모양새다. '몇 살' 하고 물으면 손가락 네 개를 펴는 단계에 이르렀다. 놀이에 팔렸다가도 자연스레 내 무릎에 감겨들어 나를 올려다볼 때면 사랑스럽기 그지없다.

주말이면 녀석은 아빠 엄마 따라 나를 찾아온다. 집 근처에 이르면 '할아버지' 하며 부리나케 앞장서 달려온다. 반가움에 뛰쳐나가 녀석을 덥석 안으며 "왔어요?" 하고 몸을 빙글빙글 돌리면 기분이 널 뛰는 성싶다.

그 기분을 엎질러 버리는 일이 일어난다. 녀석의 바람을 무시하고 아빠가 앞장서서 현관문을 들어선 것이다. 녀석은 엉엉 울어대며 밖을 맴돈다. 나가서 녀석을 안고 들어오자 눈물을 펑펑 쏟으며 몸을 방바닥에 뉘고 감장 도는 게 아닌가. TV를 켜고 어린이 프로그램을 보여줘야 겨우 진정된다.

가족들은 녀석의 흥쟁이를 감당하지 못한다. 엄마 아빠의 지극 정성과 할아버지 할머니의 기대를 한껏 받는다는 걸 그도 감지하고 있다 할까. 어린 마음에도 '내가 최고다.' 하는 으스댐이 은연중 싹트고 있는데 아빠가 이를 무시하고 앞장서 버렸으니 녀석으로서는 손상을 입은 격이랄까.

오래전부터 신인류란 말이 회자되고 있다. 핵가족이 주류를 이루면서 오늘에 탄생한 아이들은 자기중심적이 돼 자기밖에 모르는 상황으로 빠져들고 있다. 그렇게 내몰린 아이들을 보면 그 녀석들의 앞길이 훤히 보이는 듯하다.

요즘 학부모들이 학교를 대하는 태도에 문제가 있다. 차별한다고 학교를 상대로 거세게 항의하는 심사를 어떻게 해석하면 좋을까. 의도적으로 자기 존재감을 드러내려는 의식의 발로라고 할 수밖에. 학생과 교사, 학교와 교육청 모두를 힘들게 한다는 걸 알지 못하나 보다. 학생들 교육이 파장 나고 자기 자식의 인성이 못된 길로 들어서고 있음을 모르지 않을 텐데.

선행을 쌓아가는 집안은 경사가 따른다. 악행을 이어 가는 집안은 화가 내리기 마련이다. 그 원인은 결코 하루아침에 이뤄진 게 아니다. 오랫동안 쌓이고 쌓인 결과라 할 수 있다.

이주한. '서리를 밟으면 결빙에 이르리라.'는 성현의 말씀을 가슴에 새기며 너른 마음을 지니기를 기대한다. 탄생의 기쁨에 감사하고 가족의 수고로움을 알며 남의 처지를 배려하는 인내와 용기를 가진 일군으로 자라나길…

손자 녀석에게만 그리 바랄 게 아니다. 나도 의지의 사나이로 거듭 도약할 수 있으면 좋으련만.

짓밟는 가운데 길은 트인다

아내와 득달같이 달려왔다. 사위는 어스름한데 바람 소리마저 매섭다. 그 소리에 움찔하며 밖에 나갈 엄두를 못 낸다. 가만히 차창 밖을 살핀다. 서쪽으로 우뚝 솟은 거문오름이 우리를 내려다보며 한마디 거드는 것 같다. 너무 이른 시각이라고.

콩불림목. 예부터 타작한 콩을 바람에 불리기가 수월한 곳이라 해서 그렇게 부른다. 제주시에서 번영로를 타다가 선인동을 지나고 가파른 고갯길을 기어오르다 보면 드넓은 동산이 펼쳐진다. 거문오름을 서쪽으로 끼고 있는 동산, 이곳은 번영로 중 고도가 제일 높아 겨울철 눈이 내리면 길은 빙판으로 변해 마의 고갯길로 통한다.

시간이 얼마나 흘렀을까. 주위가 희붐하기 시작하자 마음이 조급하고 좀이 쑤신다. 고사리를 캐는 데 필요한 도구들을 챙기려 밖에 나왔다. 차 뒤 칸의 트렁크 쪽으로 두어 발자국을 떼는 순간, 거문오름 기슭으로부터 어떤 울부짖음이 들판에 울려 퍼진다. 오싹하다.

귀를 기울인다. 개 짖는 소리가 아니다. 개보다는 굵고 조금은 성긴 감이 드는 소리다. 웬 들짐승 하며 소리의 진원지로 고개를 돌렸다. 오름 기슭 먼 곳 어스름한 데서 노루 한 마리가 나를 향해 짖어대는 게 아닌가. 컹컹컹….

노루의 울부짖는 소리. 격노한 음성이다. 연약한 녀석으로만 여겨 왔는데 난생처음 접하는 위협적인 소리에 놀라움이 컸다. 양순한 그들에게도 저런 면이 있구나 생각하며 손을 흔들어 주자 녀석이 머쓱한지 숲속으로 몸을 감춘다.

예기치 못한 일이다. 혹시 산신령이 둔갑한 것은 아닐까. 고이 잠든 오름과 들판을 마구 뒤흔드는 걸 묵과하지 않겠다는 경고의 메시지를 띄우고 있는 것은 아닌지.

고사리 캘 장소로 가는 결에 동녘이 불그스레하다. 고사리가 보이기 시작한 것이다. 언제 도착했는지 사람들의 말소리가 두런두런 들린다. 우리만 부지런을 떠는 게 아니었다. 벌써 좋은 자리를 차지하기 위한 움직임이 부산하다.

벚꽃이 흩날리는 계절이 오면 아낙네들 마음은 들판으로 달린다. 언제 고사리가 태동하느냐이다. 4월 하순으로 치달으면 꿈쩍하지 않던 녀석들은 새로운 도약을 꿈꾸며 지상으로 고개를 내민다. 마치 새색시를 연상케 한다. 겨우내 땅속에 숨었다가 지상으로 고개를 내민 녀석들이기에 낯설기도 하려니와 모든 것이 신기하겠지. 어찌 몸단장을 하지 않을 수 있으랴. 하얀 분칠을 하고서 고사리손을 위에 얹고, 덤불이며 여기저기에 오롯이 서 있는 그 모습은 바로 봄 처녀를 닮았다.

사람들은 덤불 속 고사리를 선호한다. 잔디 틈에 솟아난 고사리를 백고사리라 하는데 왜소해서 사람들의 관심에서 멀다. 반면 덤불 속 고사리는 키가 훌쩍 크고 통통해서 사람들이 좋아한다.

처음 나는 눈에 띄는 백 고사리를 주로 캤다. 덤불 속 고사리가 눈에 들어오지 않았기 때문이다. '명절 제사에 올릴 고사리는 내 손으로 장만한다.'는 원칙을 정한 다음부터 고사리 철에 두세 번 고사리를 캐러 다녔다. 그렇게 하다 보니 덤불 속 고사리가 보이기 시작한 것이다.

덤불 속 고사리는 사람의 애간장을 다 태운다. 덤불이 어떤 곳인가? 청미래덩굴과 산딸기, 그리고 국수나무로 채워지고 있지 않은가. 가지마다 가시가 날카롭게 돋아나 있어서 옷이 찢기고 눈을 다치거나, 팔다리에 상처를 입기에 십상이다. 하지만 어찌하랴. 고사리 몇 개가 덤불 깊숙이 들어앉아 '나 잡아봐라.' 하고 약 올리고 있지 않은가. 포기할 수 없는 일이다. 뚫고 들어가 거머쥐어야 한다.

덤불 속 고사리를 응시한다. 하얀 분칠을 하고 새색시처럼 오롯이 서서 나를 기다리는 녀석들. 그렇지만 가시들에 가로막혀 다가갈 수가 없다. 그들을 제거하려면 도구가 필요한데 가진 것이라곤 장갑뿐. 손으로 덤불을 잡아 누르고 장화를 신은 발로 얌전할 때까지 짓밟고 밟으며 앞으로 나간다. 방해꾼들이 여기저기서 팔을 늘어뜨리며 시야를 가려버려서 콕콕 찌르는 아픔을 느껴서야 가시가 옷 속으로 파고든 것을 알 때도 있다. 그런 녀석들을 밟고 밟아 결국 고사리 곁으로 다가가 길을 튼 것이다. 고생하며 쟁취한 녀석들이기에 더 흐뭇해 이리저리 뜯어보다가 갑자기 베란다에 낯빛을 바꾼 타일들이 떠올랐다.

 일 년 전, 집에 보일러 시설을 한 적이 있다. 낡은 관을 뜯어내고 새 관을 묻은 후 방바닥을 시멘트로 마무리했다. 시멘트에 물을 붓고 버무리는 작업을 베란다에서 했으니 어찌 타일들이 온존할 수 있으랴. 시멘트 작업 중에 황갈색이던 타일들이 회색으로 덧칠한 것이다. 퐁퐁, 옥시클린은 물론이요 약국에서 염산까지 사다가 마포 걸레에 묻혀 몇 차례 닦기도 했으나 눈에 띄는 변화가 없다.

 어느 아침 베란다를 청소하는데 타일 조각들이 눈에 거슬렸다. 구둣발로 타일을 밟고 힘주어 뭉갰다. 한참을 그렇게 짓밟다가 잠시 쉬면서 바닥을 살피던 나는 벌린 입을 다물지 못했다. 눈에 띄게 지워진 것이다. 신기하다. 다음에는 구두 바닥에 물을 묻히고 타일 위를 뭉갰다. 물이 들어가니까 더 수월하게 지워진다. 계속 틈나는 대로 짓밟았다. 그새 일 년이 다 돼 간다. 지금은 거의 지워지고 구석진 모서리 부분에 그 자국이 남아 있을 뿐이다.

 나는 짓밟는 것을 싫어한다. 강압적으로 내리누르는 것이요 억압을 가하는 일이기 때문이다. 하나 덤불 속 고사리를 캐기 위해서는 어쩔 수 없다. 덤불을 마구 짓밟고 있어 식생을 파괴한다는 생각에 마음이 편치 않지만 그렇게 헝클어 놓음으로써 다른 식생으로 변하는 것을 촉진하는 길이 된다고 위안으로 삼는다.

 인류의 역사를 되돌아보면 숱한 짓밟힘이 있었다. 인디언의 실상이 그걸 말해 주고 있으며 현재 북한 동포들의 탈출 러시도 짓밟힘에서 벗어나기 위한 몸부림이라 여겨진다. 임진왜란을 일으킨, 한일병합을 강행한 일본을 증오하지만 그것은 과거지사, 미래가 더 중요하지 않을까 싶다. 그런데도 그들은 독도를 들먹이고 역사 교과서까지 왜곡하고 있다. 역사에는 반드시 도전과 응전, 작용과 반작용, 짓밟힘과 되받아침도 있는 법. 또다시 그들이 우리를 뭉개려는 야욕을 알고 있기에 우리는 힘을 결집하며 의연하게 대처해야 할 것이다.

짓밟아 뭉개는 것. 결코 권장할 일이 아니지만 짓밟고 까고 두들겨 패야 할 경우도 있음을 덤불 깊숙이 들어앉은 고사리를 꺾으며 터득했다. 그것은 때에 따라서는 새로운 질서를 세우는 기회의 장이 된다는 것을 콩불림목은 내게 이야기하고 있지 않을까.

편중

이럴 수가. 내 몸의 균형이 헝클어지다니.

건강검진을 받는 날. 아침 식사를 거른 채 건강관리협회로 달려 간다. 탈의실에는 옷을 갈아입는 사람들로 북적인다. 검사받을 복 장으로 갈아입자 환자가 다 된 기분이다. 엑스레이, 오줌, 혈액, 초 단파 검사가 이루어지자 모든 과정을 마쳤다며 돌아갈 준비를 하 란다.

다른 사람이 검사하는 것을 멍하니 바라보다 눈이 번쩍 뜨인다. 어떤 아줌마가 체성분 분석기에 올라서서 검사를 받고 있지 않은 가. 그것은 내가 하지 않은, 받고 싶은 검사였다. 검사원에게 다가 가 말없이 손가락으로 그 검사기를 가리키다가 내 복부를 톡톡 쳤 다. 내가 하는 수화의 의미를 알아차렸는지 그녀는 묘하게 미소를 짓더니 검사해 주겠다며 양말을 벗으란다.

체성분검사는 전부터 관심을 가졌던 영역이다. 그 기계 위에 올 라서서 양옆으로 비죽이 나와 있는 손잡이를 쥐고 있으면 검사가 절로 이루어졌다. 손과 발을 통한 전기 자극으로 그걸 읽어 내는가 보다. 가만히 서 있어도 상체와 하체의 근육발달 정도며 영양 상태, 좌우 균형이 어떤가를 분석하는 게 신기했다. 특히 뱃살이 어떻게 달라졌는지를 알고 싶었는데 막상 검사를 끝내고 상담원과 의견을 나누고 나자 내 관심은 온통 틀어진 몸의 균형 쪽으로 쏠리게 된다.

팔다리 근육의 데이터가 경이롭다. 팔 근육은 양쪽이 고루 발달한 반면 다리 근육은 한쪽으로 편중됐단다. 본디부터 내가 타고난 손과 발의 힘이 달라지고 있다니, 그럴 수도 있을까 하는 의구심이 든다.

팔 근육이 고루 발달했다는 것은 어떤 의미일까. 왼팔이 오른팔에 못지않은 근력을 갖췄다는 것이다. 나는 오른손잡이다. 어릴 때부터 숟가락을 오른손으로 쥐었으며 돈을 세고 글씨를 쓰는 것도 오른손이 담당했다. 배구 경기를 할 때 공격 포인트를 올리며 테니스를 즐길 때도 줄곧 오른손이 맡아 왔다. 그것은 움직일 수 없는 사실이다.

요즘은 어떤가. 테니스를 즐기는 도중 오른쪽 어깨를 다치고 10년 넘게 그 통증으로 고생하다 보니 오른손 사용을 자제하게 되고 대신 왼손을 쓰는 일이 잦아졌다. 예전에 교생과 탁구를 즐긴 적이 있다. 그때 나는 라켓을 왼손에 쥐고 그 젊은 친구를 상대해서 별로 뒤지지 않는 실력을 과시했다. 아침에 면도할 때도 으레 안전면도기를 왼손에 쥐고 코밑과 턱 주변의 여기저기를 깎는다. 부러 오른손에 그것을 맡기면 웬일인지 어중간한 감이 들고 어딘가를 밸 것 같은 오싹함이 인다.

나는 타고난 왼발잡이다. 유년 시절 축구 경기를 할 때 왼쪽 풀백을 서서 함부로 공이 골문으로 들어가지 못하도록 수문장 역할을 다했다. 담임선생이 땅콩을 재배하겠다며 화단의 흙을 갈아엎도록 명했다. 그때 왼발로 삽질한 기억이 선연하며 친구들은 나를 왼발잡이라고 불렀다. 그렇게 왼발을 많이 썼고 왼발이 강하다고 여겨 왔는데 오늘의 데이터는 무엇이며 어떻게 해석해야 할 것인지.

되레 오른쪽 다리 근육이 현저하게 발달하다니. 이런 결과를 빚은 원인이 무엇일까? 최근에는 테니스를 비롯한 모든 운동을 내려놓고 오직 걷기에만 매달리고 있는데 오른쪽 다리 근육이 훨씬 발달하다니 고개를 갸웃거리지 않을 수 없다. 더구나 다리 근육의 편중은 허리 질환으로 이어진다고 어깃장을 놓지 않는가.

다음 날 아침, 집 안을 청소하고 있었다. 비질한 후 걸레로 마루 먼지를 훔치는 도중, 퍼뜩 짚이는 게 있다. 무심결에 '그래, 이거야.' 하고 탄성이 절로 나온다.

나는 청소에는 이골이 났다고 할까. 유년 시절부터 집 안팎을 쓸고 닦기를 자주 해 왔다. 나이를 먹다 보니 무릎관절을 고려하지 않을 수 없다. 젊을 때 무릎 꿇고 걸레질하던 자세를 그대로 답습할 수가 없어 앉은 채 엉덩이를 비비적거리며 걸레질할 수밖에.

그것이다. 앉은걸음에 내가 찾는 답이 있다는 생각. 앉은 채 왼발은 도사리고 오른발과 엉덩이를 바닥에 댄 채 뒤로 이동하며 왼손으로 걸레질한 것이다. 그런 자세로 최근 몇 년간을 그렇게 해 왔으니 손은 왼손을, 발은 오른발을 주로 활용한 격, 그러니 왼팔과 오른쪽 다리가 더 발달할 것은 불을 보듯 뻔한 일이다. 내 걸레질로 야기된 팔다리 근육의 편중은 라마르크의 용불용설을 뒷받침하고 있다고나 할까.

어째서 나는 오른손에 걸레를 잘 들지 않았을까? 부러 그런 자세를 취하려 한 것은 아니다. 삐거덕거리는 어깨가 결리기도 했겠지만, 걸레질을 시계방향으로 하도록 집안 구조가 돼 있기 때문에 무심결에 왼손에 걸레가 간 것 같다.

편중된 자세를 취하게 되는 것은 걸레질만이 아니다. 내 고개가 왼쪽으로 기울어지고 걸음을 옮길 때 왼쪽 팔을 흔들지 않는 경향이 있다. 아내는 '고개를 바로 하라, 팔을 흔들어라.' 하며 잔소리를 해대지만 70 평생을 쌓이고 쌓여 굳어진 자세를 어찌하란 말인가. 마이동풍. 귀를 막고 살아가는 수밖에.

하지만 다리 근육이 한쪽으로 치우치니 몸의 균형이 바르지 못할 터. 그것은 허리에 찢어지는 통증을 유발하는 요인으로 작용하고 있는 것이다. 사랑이 어느 한쪽으로 기울면 심각한 문제를 일으킨다. 콩쥐의 사연이 그렇고 신데렐라의 스토리도 궤를 같이한다. 편중은 도처에 횡행한다. 족벌, 학벌, 인맥, 전관예우, 지역주의 모두가 편중에서 비롯돼 정치를 비롯한 모든 분야를 흐리고 있다. 타파해야 마땅한 일이다.

하지만 편중은 집중과 맥을 같이 한다. 우리 산업이 반도체 자동차 철강 조선업에 편중해 있고 IT와 생명과학, 나노기술 연구에 전력투구하고 있다. 이제 편중을 집중으로 바꾸는 노력이 필요하다.

한쪽으로 치우친 내 다리, 그것을 집중으로 바꾸는 방안은 뭘까. 뒤떨어진 손과 발에 기술을 걸어 그 길에 정진하는 것이다.

선행을 쌓아가는 집안은 경사가 따른다. 악행
을 이어 가는 집안은 화가 내리기 마련이다.
그 원인은 결코 하루아침에 이뤄진 게 아니다.
오랫동안 쌓이고 쌓인 결과라 할 수 있다.

2부

계륵의 약진

지난날의 허망함을 날려 버리련다.
남은 생을 아름다움으로 채우고 싶다. '그것은 이 순간에
무엇을 생각하고 무슨 일에 전념하고 있는가.'에 따라
달라질 것이다.

엄지
계륵의 약진
괴물
껌 씹고 병원 가다
또 하나의 세계를 접하다
뱃속 철판은
뱃심
하혈, 그 시작은
학생들 놀이터로 들어서다

엄지

버스가 덜컹대며 달린다. 의자에 앉은 나도 덩달아 흔들린다.

버스가 터미널을 지나는 중이다. 휴대폰을 꺼내 들고 카톡을 들여다본다. 벗으로부터 건강 정보가 답지한다. 고마움의 댓글을 단다.

검지로 문자들을 조합해 나가나 헛손질이 심하다. 무릎 위에 휴대폰을 고정해 놓고 엄지로 치니 잘된다. 엄지의 진가를 실감한다.

손을 쫙 펴 엄지손가락을 어루만진다. 손가락 중에서 제일 짧고 굵기도 하려니와 두 마디로 돼 별스럽다. 검지를 중지로 가져간다. 끝이 맞닿기는 하나 마주 대할 염을 못 내논다. 다른 손가락들도 마찬가지다.

엄지는 다르다. 아무 손가락이나 마주 대할 수 있다. 마주 대해 고루 어루만질 수 있다는 것은 교감이 이루어지고 배려와 겸손의 미덕을 지니고 있음이다. 그래서 엄지인가.

겸손의 반대말은 오만이다. 가득 찬 데서 유래하나 자기만 잘났다고 우쭐댈 뿐 주변을 살피지 않는다.

다시 한번 엄지를 들여다본다.

계륵의 약진

난 네모난 궤짝 안에 갇혀 있다.

목재로 만들어져 하얗게 덧씌워진 궤짝. 사람 키보다 훨씬 높기도 하려니와 너비도 꽤 된다. 현관 한 벽면에 놓여 있다. 여러 칸으로 층층이 나뉜 그 속에는 신발들로 가득하나 다른 물건들도 더러 있다.

생필품들이다. 평소 쓰이지는 않지만 어떤 순간에 요긴하게 쓰이는 물건. 전정가위와 망치, 드라이버 같은 것. 이런 물건들은 손이 쉽게 닿는 이곳에 보관하는 게 상례이나 꼭 필요한 것만 있는 건 아니다. 시간만 축내는 나도 있는 듯 없는 듯 맨 밑 칸에서 속절없이 뒹굴고 있다.

낮과 밤이 따로 없다. 어쩌다가 문이 열리면 밝음이 눈부시게 밀려드나 그것은 잠시, 또다시 문이 닫혀 칠흑 같은 어둠을 삼켜야 한다. 하릴없이 그냥 누워 지낸다. 기대어 앉을 수도 있으련만 칸과 칸 사이가 농구화 들어갈 정도의 공간밖에 되지 않으니 키가 20센티를 넘나드는 나로서는 그럴 수밖에 없다.

각선미가 돋보이는 방망이다. 단단한 나무를 깎아서 병처럼 만들었지만 맨 윗부분이 다르다. 병은 둥그스름한 몸통이 위로 올라 오면서 점차 가늘어져 목을 만들고 그대로 이어져 병마개와 조이 도록 머리를 만든다. 나는 병마개와 마주치는 부분이 뭉툭하다. 아 마 손가락 사이에 끼웠을 때 빠져나가지 못하도록 고안된 장치이 리라.

주로 리듬 체조할 때 쓴다. 두 개가 한 조를 이루니 쌍둥이나 진 배없다. 양 손가락에 끼워 팔을 휘두르면 덩달아 우리는 공중을 무 대 삼아 휘휘 돌고 돈다. 비록 사람의 손에서 빠져나갈 수 없는 한 계에 부딪히지만, 그래도 공중제비를 할 수 있으니 그것만으로도 할 일을 다 한다고 자위한다.

그런 내가 어떻게 여기까지 오게 됐을까. 운동구점에 전시돼 있 던 내가 주인의 눈에 들어 곧바로 여기로 오게 된 것이다. 주 무대 는 베란다였다. 아침마다 줄넘기와 함께 리듬체조를 하려니 우리 가 필요했겠지

처음에는 행복했다. 우리를 알아주고 놀아주는 사람이 있어 뿌 듯했다. 그에 대한 보답으로 주인의 마음을 헤아리며 멋진 공중제 비를 돌다 보면 그와 마음이 하나가 되는 성싶었다.

하지만 그런 행복은 오래가지 못했다. 어느 추운 겨울날 주인이 허리 병으로 꼼짝달싹 못 하는 상황. 이불 속에 누워 시간만 축내 고 있었다. 베란다에서 줄넘기를 한 게 잘못이었다. 타일로 깔린 둔탁한 밑바닥에서 아침마다 줄넘기를 해댔으니, 허리며 관절이 견뎌내지 못한 게 아닐까.

그때부터 외로움이 우리를 덮쳤다. 눈보라가 휘몰아치는 한밤중

에도 베란다의 한쪽 구석에 덩그러니 내동댕이쳐진 채 숱한 시간을 보내야 했다. 무관심 속에 내던져진 나날들이었다.

잠자던 개구리가 땅속에서 튀어나온다는 경칩. 오랜만에 햇살이 스며드는 날에 주인이 정신을 차렸는지 얼굴을 내민 것이다. 수척한 몰골이지만 그런대로 몸을 움직일 수 있는지 화단이며 베란다를 정리하는 게 아닌가. 우리가 신발장으로 옮겨지자 사람들의 시야에서 벗어나고 만다. 사람들이 제 신발을 찾기 위해 문을 열기도 하나 따뜻한 말 한마디 건네는 일이 없다.

우리는 삼국지에 나오는 계륵이었다. 치워버리자니 아깝고 어디 마땅히 소용되는 데도 없다. 사람들 발길이 닿지 않는 으슥한 곳을 찾다 보니 그게 신발장이었다. 그곳은 밀폐된 공간. 어둠의 망령들이 활개 치는 세계. 온갖 악취가 진동하는 또 하나의 현장이라고 할까.

하지만 그런 것들은 어찌어찌 견딜 수 있다. 문제는 아무것도 할 수 없다는 데 있다. 한 달 아니 일 년이 지나가도 그 상태 그대로이니 옴치고 뛸 수 없는 신세다. 그래도 짝꿍이 있어 서로를 달랠 수 있어 다행이었다.

그것도 잠시, 그만 짝꿍이 사라진 것이다. 부엌에서 마늘을 빻는 데 소용된다며 누군가 데려갔는데 그 이후로 종무소식이다. 외롭다. 그새 몇 년은 됐을 텐데 어디서 무얼 하는지 알 길이 없다.

나는 잠을 자며 꿈을 꾼다. 공중제비를 하는 부활의 꿈. 그것은 이루어질 수 없는 희망 사항임을 안다. 세상이 엄청나게 달라진 것이다. 운동에 열심들이고 취향도 다양한 세상. 축구와 배드민턴, 골프, 등산에 열광하고 걷기와 달리기, 헬스를 꾸준히 하는 사람이 늘고 있지만 리듬체조는 물 건너간 듯싶다.

그런 내게 외로움을 털 수 있는 기회가 생겼다. 주인이 신발장에서 나를 꺼내 든 것이다. 참고 기다린 끝에 얻은 오랜만의 외출이어서 기쁨에 들떴지만 면모를 살피지 않을 수 없었다. 햇살이 강렬해서인지 피곤한 기색이 역력해 보인다.

감회가 깊었다. 햇볕을 얼마 만에 맛보는 건가. 어둠이 하염없이 이어지는 지루한 나날이었다. 웬일일까. 주인은 나를 맨손으로 쓱 문지르며 먼지를 털어 내는 시늉을 하더니 왼손으로 내 목을 덥석 잡는 게 아닌가. '그렇게 붙잡으면 어떡해?' 하고 소리 지르려는데 갑자기 자기 어깨며 어깻죽지를 겨냥하고 왕래 치빙하는 게 아닌가.

목이 아픈 것이다. 목 디스크라 할까. 한참을 그러다가 손을 바꿔 또 그 짓이다. 내가 요긴하게 쓰이기는 하는 모양. 아무럼 어쩔 것인가. 나도 지금까지 억눌린 감정과 분노를 실어 마구 두드려댔다. 신바람이 났다. 몸이 후끈후끈했다. 얼마의 시간이 지났을까. 주인이 지쳐 소파에 몸을 뉜다. 나를 가슴에 안은 채로.

주인 품에 안기다니. 내가 이렇게 소용되는 존재가 됐는가. 절로 어깨가 으쓱해진다. 이제 운동기구로 쓰이는 일은 드물겠지만 석양을 향해 걸어가는 주인에게 내가 소용되는 게 분명하다. 쓰임새가 달라지다니 예기치 못한 일이다. 삶이란 그런 게 아닐까. 다만 쓰일 곳이 있다는 것에 안도할 뿐.

기다림이 보람의 싹을 틔웠나. 밀폐된 공간에서 새롭게 길이 펼쳐졌으니.

괴물

벌건 대낮인데도 이불 속에 드러누워 일어날 줄 모르니 괴이쩍다.

몸져누운 지 꽤 됐다. 몸 곳곳을 긁어대며. 특히 얼굴에 벌레가 기어 다니는 것 같아 여간 신경이 쓰이는 게 아니다.

그냥 넘어가지를 못하겠다. 이불을 걷고 몸을 일으켜 거울 앞에 섰다가 그만 눈이 휘둥그레진다. 그곳에 나타난 건 낯설면서도 어디서 본 듯한 자여서다.

괴물이었다. 찢겨져 나간 장판지처럼 흙빛을 띤 몰골에 좁쌀 크기의 빨간 반점들이 흉물스럽다. 특히 뺨을 중심으로 조그만 물집 같은 게 줄줄이 솟아 나와 길이로 달리고 있지 않은가. 열독이 온몸을 휘감고 있어선지 눈의 초점이 흐릿하다. 허연 머리칼에 수염까지 더부룩해 팔십 넘은 노인네가 따로 없다.

왜 이렇게 됐을까. 오른쪽 엄지발가락에서 비롯됐다고 할 수 있다. 어느 날 TV에서 '통풍'에 대한 문제를 콕 집고 있었다. 무심히 시청하던 중에 나도 통풍에 걸린 것 같다는 의구심이 들었다. 오른쪽 엄지발가락에 맞닿은 뾰족 튀어나온 관절 마디를 운동할 때마다 쏘아대 나를 애먹여 왔던 게 떠오른 것이다.

서둘러 인근 병원을 찾았다. 대기실은 사람들로 가득하다. 모두 목을 길게 빼고 차례를 기다리고 있다. 의사는 혈액검사 결과 요산 수치가 7.0이 정상인데 7.8이라며 통풍약을 처방해 준다.

병은 자랑하라고 했는데 그게 탈이 될 줄이야. 치료를 시작한 지 일주일이 지난 어느 날, 모임이 있었는데 통풍 때문에 술을 사양한다고 했다. 그 말을 들은 한 지인이 다가와 완치할 비책이 있다고 속삭여대는 게 아닌가.

솔깃했다. 찔레 뿌리란다. 고맙게 그로부터 약재를 받아들었다. 기도하는 심정으로 약탕관에 약재와 물을 넣고 정성스레 불을 지폈다. 그 액은 핏빛보다 더 검붉었다. 나를 따끔거리게 하는 통풍을 어서 추방해야겠다는 일념에 거르지 않고 마셔댔다.

4월 초순, 예기치 못한 일이 벌어진다. 그 액을 먹기 시작한 지 며칠이 지나자 몸뚱어리를 긁고 있는 자신을 발견한다. 고개를 갸웃하며 옷을 들치자 배꼽 주변에 빨간 반점들이 빛을 발하고 있지 않은가. 순간 찔레 뿌리가 선연하게 떠올랐다.

이건 보통 사단이 아니다. 알레르기 유발 물질이 내 몸속에 들어와 준동을 시작한 것이다. 검붉은 액과 내 몸속 방어기전 간에 사투가 벌어지고 있다고 생각하니 하얗게 질려 버린다. 지금 내가 할 수 있는 일은 그 검붉은 액을 마시지 않는 것. 통풍이 문제가 아니다. 알레르기부터 잠재워야 한다.

다음 날, 반점이 온몸으로 번졌다. 녀석의 빠른 행보에 놀라 병원을 찾는다. 괴로움을 호소하자 의사는 큰 놈이 덮쳐 고생깨나 하겠다며 나를 위로한다. 그로부터 한 달 반을 병원 문턱이 닳도록 들락거렸다.

병마는 갈 데까지 가보자는 심산인가 보다. 좁쌀 크기의 빨간 반점들이 몸 전체로 번지며 긁어달라고 까탈을 부린다. 열독은 피부 바깥쪽보다 몸속에서 더 괴력을 발휘해댄다. 그래선지 혀와 잇몸, 그리고 목, 심지어 눈에까지 상처가 덧나 사람을 그로기 상태로 내몬다.

4월 초순이라 밤기운이 서늘하다. 방을 지핀 게 문제였나. 열독으로 몸이 달아오른 상태인데 잠자리까지 뜨거우니 어쩔 것인가. 땀을 뻘뻘 흘리며 밤새도록 몸을 긁어대느라 잠을 설칠 수밖에. 낮잠이 늘고 불면의 밤이 이어진다. 나중에야 그걸 깨닫고 찬 데로 잠자리를 옮겨 잠을 달게 잤다.

식사 시간이 성가셨다. 아내는 음식에 뒤던 사람이 수저를 내려놓고 한숨만 쉬냐고 징징댄다. 몸 안에 열이 들끓고 있으니 입맛이 싹 가시기도 했지만, 김치를 비롯한 찬들을 먹지 못하겠다. 억지로 김치 쪼가리를 입속에 넣기만 하면 버무려졌던 양념들이 상처 입은 혀와 잇몸 속에 스며들어 빠지직하며 감내하기 힘든 통증을 안긴다. 그렇다고 맨밥만 먹을 수도 없어 멀뚱히 앉아 있노라면 아내가 흰죽을 쒀 온다. 먹으면서도 아내의 정성에 가슴이 먹먹하다.

예전의 내 목소리는 어디로 갔는가. 쉰 소리만이 방안을 누빈다. 이건 괴물이 내지르는 소리임이 분명하다. 목에 목울대를 세워 고음을 내 보려 애쓰나 힘이 전혀 들어가지 않은 낮은 소리뿐. 알아듣지 못한 아내가 이래저래 눈치만 살핀다.

내 눈까지도 마수의 손길이 닿았다. 알레르기 발생 후 반달이 지난 어느 날, 눈에 통증과 더불어 눈물이 계속 흘러내린다. 점점 그 강도가 심해지는 것 같아 안과를 찾는다. 의사는 내뿜는 열독으로 눈 점막에 알레르기가 생겼다고 한다.

치료는 간호사의 몫이다. 그녀가 물로 눈을 씻어내고 안약을 바르자 시원한 감이 들었다. 처방전에 적힌 내복약과 연고까지 받아들고 터벅터벅 집으로 돌아왔다. 이제는 매일 피부과와 안과 두 군데를 오가야 한다는 생각에 자괴감마저 든다.

왜 이렇게까지 됐을까. '사서 고생한다.'는 속담은 요즈음의 내 신세에 딱 들어맞나 보다. 뜻밖에 당한 화근이다. 찔레 뿌리를 인터넷에서 뒤져 보았더라면 이렇게까지는 되지 않았을 텐데 하는 아쉬움이 남는다.

가끔 TV 한 장면이 떠오를 때가 있다. 한약에 대한 방송 대담에서 한 패널이 "자기는 미국 FDA 공인을 받지 않은 한약은 절대 먹지 않는다."고 하는 게 아닌가. 결벽에 가까운 지나친 언사라는 생각이 들었지만 이번 괴물의 잠입을 받고 나자 생각이 달라졌다. 그 패널의 의견에도 경청할 점이 있으며 때론 철저하게 점검할 필요도 있음을 체험한 것이다.

시간이 모든 걸 해결해 줬다. 한 달 반이 넘어가자 괴물이 더는 어쩔 수 없었는지 슬쩍 빠져나가 버렸다. 몸이 가뿐하다. 거리에 나서자 모든 게 신기하게 다가온다. 창공을 날아오를 것 같은 기분에 들뜬다.

또다시 거울 앞에 섰다. 초췌한 자가 싱긋 웃고 있다. 그건 바로
나였다.

껌 씹고 병원 가다

대낮인데도 집안에 정적이 감돈다. 퇴직하고 나서 하릴없이 방 구석에 틀어박혀 집을 지키는 형국이니 한적할 수밖에. 집 앞 자동 차 소리가 드문드문 들리기도 하지만 내 관심 밖의 일. 소파에 기 대앉아 또 다른 소리에 귀를 기울이고 있다.

어디선가 나는 소리, 바람 소리다. 옛 동산에 올랐을 때 귓불을 간질이던 산들바람 소리. 어디선가 솔솔 일고 있다. 그것도 한두 번으로 끝나지 않고 잇따라 들리니 웬 곡절인가. 귓속이 먹먹해 오 고 머리가 떵하다.

처음에는 밖에서 부는 바람 소리라고 여겼다. 아니었다. 창밖을 유심히 내다보다 놀랐다. 나뭇가지가 미동도 하지 않으니 이파리 들도 새색시처럼 얌전을 빼고 있다. 바람이 요란하면 창문이 흔들 리고 현관문도 그것에 호응해 어떤 기척이라도 보일 텐데 아무런 움직임이 없다.

내 귀에서 들려오는 이 소리는 무언가. 분명 바람 소리가 그것도 왼쪽 귀에서만 들려오고 있으니. '내가 왜 이럴까.' 자책하며 머리 를 좌우로 흔들어대자 바람 소리가 더 강해지며 머릿속으로까지

치민다. 내 귀에 이상이 생긴 게 아닐까.

소리에 대한 두려움이 넘실댄다. TV를 켜자마자 아나운서의 말소리가 중첩돼 잉잉거리며 귓속을 크게 울려 압력이 높아 무슨 말을 하는지 알아들을 수 없을뿐더러 머릿속도 어찔하다. 곧바로 TV를 껐다.

이제야 귀 아픈 사람들의 고통을 조금은 알 것 같다. 전에는 사람들이 귀가 아프다고 말해도 심드렁했다. 위로의 말 한마디 건넨 적이 없다. 사람은 한번 겪어 봐야 그 고통의 정도를 알게 되고 그제야 남을 배려하는 마음도 생기는 모양이다.

어머니는 귀가 나빠 고생이 많았다. 귀가 먹먹해 상대방 얘기를 알아듣지 못하는 일이 잦아진 것이다. 가게를 열어 손님을 상대하는 어머니로서는 문제가 아닐 수 없었다. 나는 궁리 끝에 보청기를 해드렸다. 그것으로 만사가 해결된 것으로 착각한 것이다. 얼마 동안은 잘 돌아갔으나 그 기간은 오래가지 못했다. 얼마 후 어머니는 다른 보청기를 끼고 있었다. 의아해하는 나를 보며 "보청기를 켜기만 하면 쌕쌕거리는 기계음을 견딜 수 없어 새로 마련했다."고 한다. 그 뒤에도 몇 번 교체했지만 끝내 마음에 드는 보청기를 찾지 못했다. 어머니의 고충을 지금에 와서 되돌아본들 무슨 소용이랴. 불효가 뼛속까지 사무친 것을.

땅거미가 지기 시작하면 사람들은 서둘러 귀가한다. 저녁 식사는 허기진 뱃속을 달래주기도 하려니와 가족과의 대면이 이뤄지는 시간이다. 직장에서의 고충을 털어놓기도 하고 손녀딸의 귀여움도 만날 수 있다. 문제는 음성이다. 대화 중에 식구들의 음성이 조금만 커지면 그 울림이 그대로 내 왼쪽 귀로 파급돼 감내하기가 힘들었다. 신경이 날카로워질 대로 날카로워지고 사람을 상대하는 것이 여간 힘든 게 아니라는 생각이 들었다.

놀라운 일이 벌어졌다. 하룻밤 사이에 세상이 달라진 것이다. 내 귓속이 잠잠해지다니 신기했다. 폭 잠을 잔 덕인지 그렇게 나를 뒤따라다니던 소리가 홀연히 뚝 그쳤다. 소리는 멎었지만 귀가 아팠던 원인을 찾아내는 것이 우선이기에 병원을 다녀오기로 마음을 정했다.

이비인후과에는 환자들로 북새통이다. 교수는 젊고 자신감이 넘쳐 보였다. 이명 현상은 고막이나 달팽이관에 이상이 생길 때 일어난다고 설명한다. 카메라를 귀에 갖다 대자 고막을 찍은 사진이 즉시 컴퓨터 화면에 뜨는 게 아닌가. 고막은 양쪽 모두 정상에 가까워서 걱정할 게 없고 일주일 후 청력검사를 받아 달팽이관이 어떤 상태에 놓여 있는가를 알아보잔다.

집에 돌아왔다. 거울 앞에서 귀를 단련한답시고 만지작거리다 설핏 경대 위에 껌 통이 놓여 있는 걸 보았다. '며칠 전에 내가 이 껌을 씹었지.' 하고 회상하는 찰나, 번뜩이는 한 줄기 섬광. '그래, 그것이었구나.' 하며 손에 힘을 주고 허벅지를 '탁' 소리 나게 내려치는 자신을 발견했다. 희뿌연 안개가 걷히는 순간이었다.

귀가 아프기 전날 밤, 나는 껌을 씹고 있었다. 껌을 씹으면 머리에 자극을 줘 뇌에 좋다는 말을 들은 것이다. 무려 세 시간 이상 껌을 잘근잘근 씹으며 책과 씨름했다. 갑자기 왼쪽 턱이 답답하고 머리가 묵직한 감이 들었다. '늦은 시각이라 그런가 보다.' 하며 불을 끄고 이불 속으로 몸을 들이밀었다.

턱이 몹시 피로한 것이다. 그 피로는 귀며 머리까지 뻗쳐올라 다음 날 두통에 시달리다 이명 현상으로 돌출할 줄을 뉘 알았으랴.

일주일이 지나갔다. 귀에서 별다른 징후는 없었다. 다만 왼쪽 귀가 오른쪽보다 예민한 감이 들었다. 속귀가 어떤 상태에 있는가를 알아보기 위해 병원으로 달려갔다.

병원에는 사람들로 들끓었다. 나는 이미 예약해 두었기 때문에 곧바로 청력검사실로 들어갈 수 있었다. 끝없이 소리와의 싸움이 이어졌다. 소리가 강하다가 여려지고 여리다가 강해졌다. 약 30분이 지나서야 검사가 끝났다.

의사 설명이 이어졌다. 컴퓨터그래픽을 들여다보던 그는 달팽이관 상태를 말해 주는 그래픽이 둥글어 정상에 가깝단다. 특히 오른쪽보다 왼쪽 귀의 기능이 더 좋다고 단정한다. 이상한 소리가 들렸던 왼쪽 귀가 오히려 좋다니 걱정했던 일들이 다 사그라지는 기분이다. 고요한 음악을 많이 들으라고 처방한다.

병원 문을 나서자 쓴웃음이 나왔다. 머리가 나쁘면 손발이 고생한다는 말이 새삼 되살아났다. 껌 한 번 씹었다가 보청기를 낄 뻔했고 병원까지 다녀오지 않았는가. 이 세상천지에 껌 씹고 병원 간 사람이 있을까.

아직은 귀가 괜찮다니 다행이다. 친구들과 스스럼없이 대화할 수 있고 새벽 풀벌레들의 울어대는 소리를 들을 수 있다는 것 자체가 행복이 아닐까. 깊은 산 속에서 하소가 깃든 뻐꾸기며 심금을

울리는 휘파람새 소리가 들려오는 것 같다

'껌 씹고 병원 가다.' 어처구니없게도 얘깃거리 하나 남게 생겼다.

또 하나의 세계를 접하다

어째 몸이 근질근질하다. 밤새 긁어대며 잠을 잤는지 눈이 까칠하고 골치가 띵하다. 느닷없이 손이 이불 속으로 들어가 아랫배를 긁어댄다. 몸 곳곳을 더듬어 보니 배와 등판, 엉덩이에 동전보다 더 넓적한 게 봉긋봉긋 돋아나 있다.

알레르기다. 그대로 넘어갈 일이 아니다. 혼쭐난 적도 있다. 들판에서 옻나무에 스치고, 집을 지으면서 석면을 잘못 건드렸다가 온몸에 두드러기가 나 한없이 가려웠다. 그렇게 시달리다 잊어버린지 한참 됐는데 또다시 고개를 내밀고 있으니.

짚이는 게 있다. 최근에야 알게 된 정보. 벌꿀에서 뽑아낸 프로폴리스다. 천연 항생물질로 지칭될 만큼 감기를 비롯한 모든 질병에 잘 듣는단다. 감기 기운에 그거 한 방울을 입에 털어 넣었는데 뒷날 거뜬하게 일어났다고 딸이 자랑한다. 호기심에 그걸 만들어 파는 곳을 찾아갔다.

집안이 깔끔했다. 담소하다 보니 주인은 중학교 1년 선배. 반가웠다. 허물없이 대화가 이루어졌다. 벌꿀에서 프로폴리스를 뽑아내는 방법을 일본에서 배웠지만 핵심 기술을 습득할 수 없었다. 고향에서 홀로 고된 연구 끝에 나름대로 개발했다는 것. 그의 연구열에 믿음이 가 그것을 사 들고 나왔다.

나는 어릴 적부터 코를 훌쩍거렸다. 의사는 비중격막이 휘어져 있어 겨울철 찬바람에 헐어서 그렇단다. 대학을 졸업하면서 의원을 찾아 휘어진 부분을 바로 펴기 위해 수술했다. 앞으로 코를 훌쩍거리는 일은 없을 거라고 여기면서. 철석같이.

하나 마나 한 수술이었다. 수술한다며 비중격막 부위의 점막을 도려내는 선에서 그친 거다. 찬바람이 비켜 가도록 인술을 펼친 게 아니라 한탕주의에 불과했다. 몇 개월이 지나면 좋아진다고 했다. 일 년이 아니라 몇십 년이 지난 지금도 그 수술 자국은 병집으로 남아 나를 괴롭힌다. 여름 한 철 괜찮다가도 으스스 찬 바람이 불어대는 계절로 들어서면 나는 비염과 감기로 시달린다.

나를 멍들게 하는 건 찬 기운만이 아니다. 건조함도 한몫 거든다. 겨울철은 건조함의 상징. 찬바람 속에 건조함이 숨어 있기 때문이다. 더구나 겨울철 난방은 건조함의 화신. 아침에 일어나면 콧속이 며 목이 칼칼하고 따갑기 일쑤다.

나이 들면서 약을 끼고 산다. 소염제와 항히스타민제. 처음 얼마 동안은 몸이 약 앞에 고분고분했으나 최근 들어 따로 놀려 든다. 겨울로 들어서는 길목, 강진 묘제에 참석하기 위해 하룻밤 여관 신세를 졌다가 절절대는 난방에 그만 탈이 나고 말았다. 그로부터 일 년여 약을 먹었다.

약을 그렇게 먹으면 눈에 띄는 효험이 있어야 한다. 진전이 없다. 약을 끊기로 마음먹었다. 그래도 상황이 나빠지면 어쩌나 걱정이 앞섰다. 대책이 필요했다.

그런 내 앞에 프로폴리스가 다가왔으니, 구세주를 만난 기분. 일루의 희망이 서리는 듯했다. 즉시 물을 조금 부은 컵 속에 그것 세 방울을 떨구고 휘저어 밀크빛깔이 된 액을 목을 축이는 기분으로 마시고는 잠자리에 들었다. 잠이 깊이 들었었나. 아침에 일어나자 칼칼하던 목과 코가 전과 달리 상쾌했다. 효험이 있다는 생각에 가슴이 뛰었다. 다음날, 내친김에 그것을 면봉에 적셔 콧속 상처 부위에 묻혔다. 알싸한 자극에 솔향까지 느낄 수 있어 환호했지만 다음 날 문제의 두드러기가 도드라진 거다.

두드러기의 원인을 캐기 위해 선배를 찾았다. 제주의 벌들은 꽃술 속 꿀만이 아니라 소나무의 송진, 옻나무의 옻까지 뽑아다 꿀 재료로 쓰기에 그런 일이 종종 일어난다는 거다. 부풀어 올랐던 기대가 산산이 부서지는 심사를 어쩌지 못했다.

두드러기를 해소한다며 욕탕에 몸을 뉘었다. 뜨뜻한 탕 속의 열기로 두드러기가 발산되는 느낌이 들었다. 시원했다. 집에 들어오자 딸이 내 맘을 읽었는지 인터넷에 내 몫으로 호주산 프로폴리스를 주문했노라 한다. 호주에는 옻나무가 없기 때문에 알레르기를 일으키는 경우가 드물다. 인터넷을 뒤져봤다.

프로폴리스. 히포크라테스가 환자들에게 처방했고 로마 병사들이 전쟁터에서 필수품으로 짐 속에 넣고 다니던 걸 차치하더라도 논문 하나만은 인정해야 한다.

1965년 래미쇼방은 현미경으로 곤충들을 관찰했다. 곤충들은 세균들을 덕지덕지 달고 있었지만 벌과 벌집은 정갈했다. 아무리 살

퍼봐도 균이 보이지 않았다. 기이한 일이었다. 원인은 프로폴리스에 있다는 것을 밝혀낸다.

생물은 자기를 보호하기 위한 방어기전을 짠다. 벌들은 그런 목적으로 꽃가루와 식물 분비물, 자신의 분비물을 버무려 프로폴리스를 창안한 거다. 그 속에 20여 종에 이르는 후라보노이드가 들어 있다. 버무린 것으로 벌집 틈새를 막아 세균과 바이러스, 말벌 같은 적의 침입은 물론 햇볕과 비바람을 차단한다. 예부터 사람들은 그 효능을 인지하고 질병 치료에 써 왔다.

어처구니가 없다. 나는 수의학을 전공했고 학생들과 생물 공부에 심혈을 기울여 왔다. 그런 내가 지금껏 프로폴리스와 담을 쌓고 살았으니. 항생물질의 효능이 워낙 뛰어났기 때문에 꿀벌이 내미는 선물을 한동안 외면했던 세월이 있었던 거다.

항생제와 세균의 싸움이 끝 가는 데를 모르겠다. 둘이서 널뛰기를 하는 형국. 항생제가 세균 내성을 따라잡지 못한 사이 슈퍼박테리아까지 출몰, 몰리는 상황이다. 다른 출구가 제기됐다. 그 답은 꿀벌이 내미는 천혜의 선물에 있지 않을까 싶다.

요즘 나는 프로폴리스에 흠뻑 빠졌다. 예기치도 못했는데 어느결에 그것은 살그머니 내게 다가온 것이다. 하나 낯선 점도 많다. 페니실린처럼 내성 문제가 삐져나오지 않을는지, 약효는 어떤지 아는 게 없다. 그저 항균·항염·항산화 작용이 있다고 입소문만 무성할 뿐이다. 적어도 국가에서 공인하는 어떤 조치가 취해져 진료 기관에서 질병에 따라 그것이 유용하게 쓰일 수 있었으면 한다.

겨울의 문턱이다. 옷깃을 여미게 하는 계절. 바람 타고 건조함이 날개를 다니 내 콧속 병집도 심히 뻗대 프로폴리스에 거는 기대도 자못 크다. 기관지 섬모들이 되살아나는 기미가 엿보여 그 미지의 세계에 희망을 걸어 본다.

뱃속 철판은

계절의 순환에는 어긋남이 없다.

2월 중순을 휘돌아나가자 매서운 추위가 한풀 꺾이는가 싶더니만, 봄소식이 날아든다. 뜻밖에도 수선화가 노란 꽃을 피워 올린 것이다. 아직도 추위는 남아 있는데 이런 선물을 내게 안기다니, 마음이 다 설렌다. 벌 나비 붕붕 대는 계절로 들어서고 있다는 생각에 절로 마음이 들뜬다.

이 설렘을 그대로 밋밋하게 보낼 수 없다. 의미를 찾다가 발 씻는 이벤트를 떠올린다. 화장실에서 대야에 수돗물을 내려받고 왼발을 담근다. 그 순간, 섬뜩하다는 느낌이 들더니만 종아리가 쥐어짜이며 어마어마한 통증이 몰아닥친다. '앗' 외마디 비명을 지르며 반사적으로 발을 뺀다.

이럴 수가. 어느새 종아리가 팅팅 굳어있다. 만져 봐도 피와 신경이 통하지 않는 모양새다. 걸음을 옮길 수 없겠다는 생각에 눈앞이 캄캄하다. 이 노릇을 어찌할 건가.

퍼질러 주저앉는다. 돌덩이나 다름없다. 차디찬 물에 발을 담근 죄밖에 없는데 이렇게 되다니, 어처구니가 없다. 마사지에 전념한다. 시간이 얼마나 흘렀을까. 굳었던 게 풀리더니만 감각이 되살아나는 게 아닌가.

신기하다. 종아리가 서서히 본래대로 돌아오다니. 아직도 예민함이 남아 있으나 몸을 움직이는 데 지장이 없겠다. '휴' 하며 가슴을 쓸어내린다.

거실을 오가며 생각에 잠긴다. 종아리에 쥐라. 그건 무얼 뜻하는 걸까? 근육경련이다. 밤샘했을 때 눈꺼풀의 떨림도 그런 예에 속하지만 무리하게 경기하다가 근육이 굳어져 주저앉는 선수들을 보아왔다.

내장기관은 어떤가. 그것도 근육으로 이루어졌기에 감당할 수 없는 자극을 받으면 마찬가지로 경련에 휩쓸리게 되지 않을까.

그러자 나를 무의 세계로 내몰았던 사연 하나가 떠오른다. 그리 오래된 일이 아니다. 봄에서 여름으로 넘어가는 어느 아침, 공원으로 산책을 다녀오자 몸이 나른하다. 겨우 마당 청소를 끝마치고 베란다로 올라서는데 머리가 핑그르르 어지러웠지만 벽에 기대어 진정시킨다. 고개를 갸웃거리면서도 그럴 수도 있겠다며 그냥 지나친 게 후회로 남을 줄이야.

"식사하세요." 아내의 부르는 소리가 반갑지 않다. 먹고 싶은 마음이 전혀 일지 않으나 다 차린 조반을 물릴 수 없다. 도살장의 소처럼 어쩔 수 없이 끌려가 식탁 의자에 털썩 주저앉는다.

쇠고기뭇국이다. 마지못해 한 수저 떠 삼키자 생각지도 못한 일이 벌어진다. 뱃속이 '와지직' 하며 부글거린다. '별일이야.' 중얼거리면서도 밥 한 수저를 떠 삼키자 감당할 수 없는 상황에 이른다.

괴이하다. 뱃속에 철판이 들어앉은 느낌. 묵직한 게 내 뱃속을 장악하고서 가로막의 움직임을 차단하고 있으니 들숨 날숨이 안된다. 아무리 헐떡거려 보나 요지부동이다.

사람이 숨을 쉬지 못하면 어떻게 될까. 끝장이겠지. 이제 더는 어떻게 할 수 없다. 그동안 고마웠다는 인사도 한마디 나누지 못한 채 그대로 식탁에 몸을 눕히고 만다.

무의 세계다. 무슨 일이 일어나는지 어찌 알랴. 아내의 애타는 울부짖음도, 아이들의 바람도 다 저버린 채 이승과 저승의 경계를 헤매고 있다. 백 강아지며 염라대왕이 다 무어냐. 오직 무의 세계만이 존재할 뿐.

누군가 내 등허리를 세차게 내려치고 있다. "누구야." 소리치며 벌떡 몸을 일으켜 보니 아내의 눈물 그렁그렁한 모습이 시야에 들어온다. 그녀의 지극 정성으로 내 의식이 되살아난 것이다. 내 숨통을 조이던 철판은 어디로 갔는지, 온데간데없다. 내가 그 세계를 탈출하다니 희한하다.

그런 소동이 불거지면 갈 곳은 정해져 있다. 이미 대기 중인 119에 몸을 실어 J병원 응급실로 향한다. 병원 관계자들은 하나같이 호기심 어린 표정들. 뱃속에 철판이 들어앉아 있었다는 얘기에 벌린 입을 다물지 못한다.

순식간에 검사가 이루어진다. 엑스레이 촬영부터 혈액검사 CT 촬영 등 원인 파악에 들어갔으나, 내가 수긍할 만한 답은 찾지 못한다. 나중에는 내분비 전문의사가 달라붙어 그 실체를 규명하려

애썼으나 허사다.

나를 앗아갔던 철판의 정체는 무얼까. 병원을 나선 후, 일에 파묻혀 있다가도 언뜻언뜻 의문이 꼬리를 물고 피어오른다. 그것은 어디서 왔다 어디로 사라진 걸까.

나는 원인 따지기를 즐기는 편이다. 뱃속의 철판은 풀기 어려운 과제였다. 종아리에 난 쥐를 대하자 그동안 가슴 속에 담아두었던 의문의 실체가 사르르 풀린 것이다. 극도로 피로한 상태에서 스트레스를 받은 위가 강력 수축, '쥐'로 돌변한 게 아닐까.

살다 보면 누구나 사고에 휘말릴 수 있다. 병치레가 심해 어머님께 심려를 많이 끼쳤다. 유년 시절, 급성 폐렴과 식중독, 장티푸스로 신음할 때 어머님이 밤새 나를 간호하시던 일이 아른거린다.

하지만 위에 쥐가 났다는 얘기를 들어 본 적이 없다. 병마에 시달리기 일쑤였으며 대학에서 의학을 공부하고 병원에 근무하기도 했지만 '뱃속의 철판'에 대해서는 어디에서도 들어본 적이 없다.

무의 세계를 헤매고, 냉수에 발 담그는 이벤트도 벌였다. 식사 도중, 위 속 철판의 출현이라는 세례를 받고 이 세상과 등진 사람이 흔할 터. 하나 그 사고가 쥐 때문이라는 점을 세상에 일깨워 준 경우는 내가 첫 케이스가 아닐까 싶다.

마지막 가는 인생길, 삶의 무게가 이렇게 가벼워서야 쓰겠는가.

뱃심

여섯 살배기 손녀와 서울을 다녀왔다.

기내에서 스튜어디스로부터 선물을 받았다. 어린이들에게 원숭이를 닮은 풍선을 나눠준 것이다. 녀석은 맘에 들었는지 계속 만지작거리더니 집에 돌아와서도 손을 놓지 못한다. 이삼일이 지나자 풍선이 싫어졌는지 그만 손 놓고 만다.

어린이들은 곧잘 하던 일에 질려 버리기 일쑤다. 나중에 또 찾을세라 나뒹구는 풍선을 책장 한쪽 모서리에 넣어두었다. 시간은 그것을 가만 놔두지 않는지, 날이 갈수록 바람이 빠지면서 쭈그러들었다.

어쩌면 이렇게도 나를 닮았을까 하는 생각이 들었다. 나이 칠십을 넘자 내 몸이 시원치 않다. 무슨 호들갑이냐고 눈총을 받을 수도 있겠지만 몸이 앞으로 수그러드니 문제다. 그냥 그대로 있을 수 없겠다는 염려를 하게 된다.

저녁나절, 용담 바닷가를 거닌 적이 있다. 곱게 물든 저녁노을을 바라보다 문득 '숨쉬기를 잘할 수 있었으면' 하는 바람이 일었다. 그것이 나를 곧추 일으켜 세우는 단초가 될 수도 있겠다는 생각이 넘실댔다.

국선도의 세계로 발을 들여놨다. 요가와 단학을 통해서도 숨쉬기를 재정비할 수도 있겠지만. 먼저 내 손에 잡힌 것을 택할 수밖에. 어느 쪽에 끼는가는 중요하지 않다. 무엇을 하든 얼마나 집중해서 하느냐에 달린 일일 테니까.

무슨 일이든 단계가 있는 법. 먼저 몸을 만들어야 한다. 허리와 어깨, 무릎에 연관된 관절들을 풀어주며 온몸의 근육들을 단련하는 프로그램부터 소화해야 한다. 지난 5개월 동안 여기에 매달리다 보니 어느 정도 그 과정의 줄거리를 체득하고 있지만 그것을 내 것으로 만들기엔 아직도 요원하다.

이어서 숨쉬기 운동. 늙음은 숨쉬기에서부터 표가 난다. 젊었을 때는 배로 숨을 쉬다가도 나이가 들어가면 가슴만 할딱거린다. 아무렇게나 숨만 쉬면 될 게 아니냐고 할는지도 모르지만 그게 얼마나 중요한가를 요즘 들어 절감한다.

어릴 때부터 배가 얄팍했다. 친구들은 밥을 먹으면 배가 볼록했지만 웬일인지 내 배는 먹으나 마나 그게 그거였다. 어른이 돼서 가계도를 살펴보니 아버지도 그랬고 아이들도 그랬다. 유전 얼개가 그리된 것이다.

배가 나오지 않는 것을 다행으로 여겼다. 조상님들 덕분에 뱃살지방이 좀처럼 끼지 않는 형질을 타고났다. 당뇨와 고혈압 같은 성인병을 비껴갈 수 있었지만 그게 반드시 좋은 건 아니었다. 나이들면서 이것저것 달갑지 않은 점도 드러났기 때문이다.

첫여름으로 가는 길목, 오후의 햇살을 받으며 터벅터벅 지인을 찾아간 적이 있다. 30분을 걸었더니 온몸이 축 처지는 느낌. 그 부인이 나를 대하면서 대뜸 '저녁을 먹지 않았느냐.'고 하는 게 아닌가.

뭐 그런 질문을 다 하느냐고 할까도 했다. 처음 대면하는 분에게 차마 그렇게 말하지는 못했지만 찔리는 구석이 있었다. 고구마로 간단히 점심을 때웠으니 허기져 보이기도 했으리라. 그런 정경이 눈에 비친 모양. 배가 안으로 쏙 들어가 맥 빠진 모습이 그대로 나타난 모양이다.

문제는 그것으로 끝나지 않은 데 있다. 타이어에 바람이 빠지면 여지없이 주저앉고 말 듯 배가 얄팍하면 기본이 바로 서지 못한다. 그것은 명치의 함몰을 몰고 와 체형의 구부정함으로 이어지고 장기들의 위치와 형태가 달라지므로 제 기능을 다 하지 못하게 한다. 가슴속이 좁아지고 폐활량이 떨어져 몸속 구석구석까지 산소가 미치지 못할 게 뻔하다. 또한 그 부근을 지나는 혈관들을 내리눌러 혈액순환이 원활하지 못할 것이다.

뱃심을 강건히 키워야겠다. 그 소망이 꿈틀거리더니 오늘도 불볕더위를 무릅쓰고 국선도장을 찾은 것이다.

숨쉬기에 전념하는 일. 이 세상 모든 잡념을 다 내려놓고 오직 숨쉬기만을 들여다봐야 한다. 숨을 들여 마시면 배가 볼록 솟아오른다. 마신 공기는 단전에 머무른다고 여기도록 하자. 숨을 내보낼 때, 배를 안으로 오므리면 자연 가슴속을 압박해 숨이 절로 나오게 된다. 핵심은 공기를 들이마실 때와 내쉴 때를 알아차리는 것이다.

숨쉬기는 자연적인 행위이다. 일에 몰두하다 보면 그것 자체를 잊어버리는 속성을 지닌다. 반사적이요 습관적인 행위이다. 지금부터라도 잘 길들이면 내가 바라는 숨쉬기를 얻을 수 있지 않을까 싶다.

인생을 오름에 비유하면 어떨까. 나는 오름의 정상에서 벗어나 하강 길로 접어든 신세. 고희를 훌쩍 넘겼으니 인지능력은 바닥이요 숨은 차고 다리가 후들후들 떨려, 자칫 불의의 사고라도 당하지 않을까 하는 불안감마저 든다. 그런 내가 오늘에 이르러 욕심을 내게 된 것은 무슨 연유일까.

가슴 졸이며 살아온 세월이었다. 유년 시절에는 상점이라는 공간이 나를 유폐시켰고, 학창시절에는 학업을 뒤쫓아 가지 못해 주눅 들었다. 교사생활도 순탄치 못했다. 내성적이고 말수가 적어 조직의 중심에서 비켜설 수밖에 없었다.

지난날의 허망함을 날려 버리련다. 허리가 구부정하기 시작한다고 한탄만 할 게 아니다. 딛고 일어서야 한다. 남은 생을 아름다움으로 채우고 싶다. '그것은 이 순간에 무엇을 생각하고 무슨 일에 전념하고 있는가.'에 따라 달라질 것이다.

오늘도 숨쉬기 수행에 나선다. 아직은 걸음마 단계. 한술에 배 부르는 일은 없기에 차근차근 단계를 밟아나가련다. 가다 보면 벽에 부딪혀 헤맬 수도 있으나 갈 데까지 가보는 거다. 온갖 고난이 몰아쳐도 끄떡하지 않고 견뎌내며 돌파할 수 있는 힘을 내 안에 담는 것. 곧 수양의 길이다.

바람 빠진 풍선을 본다. 머나먼 길, 제2의 활로인 뱃심을 키우기 위해 오늘도 숨쉬기 수행으로 들어선다.

하혈, 그 시작은

새벽을 알리는 교회 종소리가 은은하다.

그 소리를 들으며 비몽사몽 간을 헤매던 나는 설핏 잠이 깨고 만다. 오줌이 요도를 타고 흘러내려 팬티가 축축하다는 걸 느꼈기 때문이다. 앞서 화장실을 다녀왔는데 이게 웬 꼬락서닌가. '별 해괴한 일도 다 있네. 이걸 어쩌지.' 중얼거리며 팬티를 갈아입어야겠다고 생각하는데, 그놈은 내 허락과는 상관없이 계속 흘러내리질 않는가.

'왜 그러지.' 하며 이불 속에 손을 넣는다. 팬티가 축축할뿐더러 끈적끈적하다. 피라고 여기는 순간 "아!" 하는 앓는 소리가 절로 난다. 아내도 눈치를 챘는지 재빨리 이불을 젖힌다. 요 위에 검은 그림이 방석 크기로 똬리를 틀고 있다.

불을 밝혀보니 곳곳에 피다. 깔았던 요며 덮었던 이불, 입었던 내 의까지도 피로 얼룩졌다. 아랫도리의 거시기가 궁금하다. 살펴보니 거기서 피가 꾸역꾸역 솟아 나오고 있지 않은가. 순간 죽음에 대한 공포가 온몸을 감싼다. 가족들 얼굴이 언뜻 비치고 '어쩐다.' 하는 울부짖음이 새 나온다. 아내 또한 파랗게 질린 표정으로 망연

자실 앉아 있다.

하혈. 여자에게 일어날 수 있는 일이 내게 들이닥치다니. 지혈할 방도가 아리송하다. 거시기를 꼭 쥐고 있으면 임시방편은 되겠지만 전립선에서 피가 계속 흘러나오면 처단할 방법이 없지 않은가. 더구나 혈전이 만들어지는 날에는 모세혈관이 막혀버려 더욱 위험 상황에 놓이게 될 것이고. 그렇다고 수술 부위를 지혈한답시고 눌렀다간 어떤 화를 자초하게 될지 알 수 없는 일이다.

퍼뜩 생각이 일었다. 지닌 피 중에서 대략 30% 이상을 실혈하면 생명이 위험에 빠진다는 위기의식이 고개를 쳐든다. 갈 곳은 응급실뿐이라고 생각되자 식은땀이 다 난다. 금방 오겠다는 119 전갈을 받고서야 겨우 맘이 놓인다. 그들이 오기 전에 옷을 갈아입어야 했다. 아랫도리에 화장지를 두툼하게 쑤셔 넣고 팬티를 갈아입으며 생각했다.

염려하던 일이 터진 거다. 전립선을 수술하고 나흘이 지나자 담당 의사는 퇴원하란다. 오줌 색이 붉어 더 치료받고 싶었으나 병원에서 떠미는 통에 '에라 모르겠다.'는 심정이 작용했다. 그날이 마침 토요일이어서 멈칫거리면 며칠 더 병실에서 지내야 한다는 생각에 퇴원을 서둘렀으나, 하루도 넘기지 못하고 이런 일이 벌어졌으니.

아내 푸념이 쏟아진다. "어제 닭고기를 먹더니만 기어이 일을 내고 마는구나." 그제야 어젯밤 저녁 식사가 생각난다. 지인이 오랜만이라며 치킨을 보내왔다. 아내가 만류하는 걸 뿌리치고 한 다리 뜯었던 게 화를 자초할 줄이야.

먼동이 트는지 차량들이 드문드문 다닌다. 119차에 실려 가는 내 신세가 처량하다. 이게 다 무언가. 노인군에 갓 들어간 신참이 들 것에 실려 다니는 꼬락서니라니.

나를 실은 차는 새벽길을 거침없이 달린다. 그 어간에 119대원의 질문은 집요하게 이어진다. 출혈하게 된 경위를 캐묻는 질문에 대답하던 나는 어젯밤 안양천 산책이 맘에 거슬린다. 성치 않은 몸을 심히 다뤄 이런 결과를 빚은 건 아닌지. 그러자 오늘의 원인은 산책이 주범이라는 생각이 날개를 단다. 오랜만에 지인을 만났으며 롯데마트에 다녀왔고 안양천 철산교까지 바람을 쐬지 않았던가. 그래, 탈이 날만도 하지.

드디어 119차는 응급실에 닿았다. 내려 보니 날이 환하다. 이제 119대원들과 헤어질 시간이다. 그들에게 은혜를 갚지 못하는 미안한 마음을 어쩌랴. 서울의 119는 타 지역을 넘나들지 않는 게 상례인데, 구로에서 신촌까지 수고를 마다하지 않고 달려와 줬으니 말이다. 고마움을 표시하고 싶은 맘은 굴뚝같았지만 대한민국 양심이 살아 숨 쉬는 곳이 있다는 거로 위안으로 삼으며 총총히 그들과 갈려 섰다.

119와 헤어지자 화장실 생각이 간절하다. 양변기에 앉자마자 뱃속이 부글거려 뭔가를 배출하고 싶은 욕구가 인다. '뿡'하고 실례하는 순간, 지난밤 화장실에서 방귀를 뀌었던 게 회상된다. 그 밤중에 한 번으로 끝냈으면 좀 좋았을까. 창자 속 누적된 가스를 모두 내보낼 심산인지 유별나게도 연달아 뿡뿡이가 터져 나왔으니.

옳거니 그거라는 생각이 스멀거린다. 치킨도 산책도 아니었다.

바로 그 방귀가 새벽녘에 나를 달음박질치게 만든 장본인인 거다. 가스를 배출하려면 자연 아랫배에 힘이 가해질 테고, 그것이 시술한 부위에 압력을 가해 출혈을 유도한 거다.

일어나 변기 속을 들여다본다. 오줌은 예상외로 검붉지 않고 오히려 맑은 편이다. 이건 출혈이 멈췄다는 걸 의미하지 않는가. 자연적으로 지혈이 된다니 놀랍고 신기하다. 그런 난리 통 속에서 내 몸이 스스로 치유하는 능력을 발휘하다니. 화장실을 나서는 내 발걸음이 가볍다. 아내에게 지혈이 됐다고, 걱정하지 말라고 얘기했지만 내 눈치를 계속 살피는 걸 보면 그 말이 미덥지 않은가 보다.

내가 호들갑을 떤 것 같다. 가만히 놔두면 시간이 다 해결해 줄걸, 일요일에 괜히 119를 비롯해서 많은 사람들에게 피해를 끼쳤다는 미안함이 앞선다. 그렇다고 그냥 돌아갈 수도 없는 상황. 뒤끝이 어떻게 나타날지 아무도 예견할 수 없으니.

드디어 나를 가료할 의사가 나타났다. 비뇨기과 당번 인턴인 성싶다. 그는 말수가 적은 편이나 한 가지는 확실하게 했다. 혹시나 생겼을지 모를 혈전을 우려해서 요도에 오줌 줄을 삽입하고 외부로 연결해 생리식염수가 혈액으로 흘러들게 장치하고 세척하는 거다. 그 처치는 정오를 넘겨서야 끝났다.

귀로에 상념들이 꼬리를 문다. 새벽녘의 달음박질은 한 치 앞을 내다볼 수 없는 촌각의 사투였다. 하혈이 낭자해 생명의 촛불이 꺼지는 낭패감과 맞닥뜨리기도 했다. 하지만 조금 신중했더라면 하는 아쉬움이 가슴을 짓누른다. 수술한 지 일주일도 채 넘기지 못한 상황에서 치킨은 무어며 운동은 무슨 운동인가. 그런 것이 복합적으로 작용해 이상야릇한 방귀로 터져 나온 게 아닐까.

방귀도 함부로 뀔 일이 아닌가 싶다.

학생들 놀이터로 들어서다

새벽녘, 달빛이 교교해 고개 들어 우러른다. 조각달이 '갈 길이 멀다.'며 구름 사이를 넘나드는데 저 너른 창공에도 길은 나 있는지.

인근 교정이다. 모든 게 가지런하다. 우레탄이 동서로 길게 깔린 트랙을 중심으로 안쪽에는 초록 잔디가, 바깥쪽에는 정원수를 비롯해 조회대와 국기 게양대 같은 시설물이 의도된 구도로 자리 잡고 있다. 트랙에 표시된 라인들. 새벽을 여는 사람들이 그 라인 따라 자신의 건강을 다지며 앞서거니 뒤서거니 한다.

트랙을 도는 건 따분하다. 지루하다 못해 넌더리가 다 난다. 그렇다고 아무렇게나 돌 수는 없다. 예전에는 트랙의 1번 라인 따라 남들보다 앞서나가려고 애를 썼다. 이젠 그런 사고 범주에서 벗어나고 싶다. 자주 걷다 보니 운동은 자기 수준에 맞춰야 함을 터득했다. 특히 나만의 길을 구상하며 운동에 전념할 수 있었으면 하는 바람이 일었다.

트랙은 단순하다. 우레탄을 깐 바닥에 라인이 그어져 있을 뿐이다. '그런 곳에서 그저 돌면 됐지, 구상은 무슨 구상.' 하며 그냥 웃고 넘겨버릴 수도 있다. 하지만 내가 하는 운동이 아닌가. 궁리하다 보니 통하는 게 있었다. 동남쪽 놀이터의 시설물에 눈길이 닿은 것이다. 그곳에는 미끄럼틀을 비롯한 놀이기구와 운동기구들이 즐비해 내 뜻을 펼칠 수 있겠다는 생각이 들었다.

시도해 봤다. 트랙을 돌다 놀이터로 발길을 튼다. 가짓수가 스물에 가깝다. 정글과 굴다리 사이를 지나 시소를 넘어 철봉 아래를 통과한다. 미리 코스를 정하지 않고 맘 내키는 대로 돈다. 구불구불 곡면을 만들며 감장 돌다 트랙으로 나온다.

교정을 도는 것은 단조롭다. 공원이나 수목원에 비해 수목의 가짓수도 빈약할뿐더러 풀벌레며 새들의 울음소리를 기대할 수도 없다. 찾아오는 사람도 그리 많지 않아 한산할 뿐이다. 단출하고 밋밋해 자연 변화를 찾게 되고 새로운 활로를 모색하게 된다.

젊은 시절, 악대소리 드높은 학교에 근무한 적이 있다. 애국조회 시 으레 악대가 등장했다. 교장 선생님이 연단으로 올라갈 때 '빵빠라' 하고 행진곡이 교정 가득 울려 퍼졌다. 학생들의 눈길이 교장 선생님의 일거수일투족에 쏠렸고 훈화는 물처럼 흘러나갔다. 일천 명에 이르는 학생들 앞에서의 훈화이니 교장 선생님은 신바람이 다 났겠지. 연단을 내려올 때 홍조 띤 모습에서 그 기분이 어떠했는지를 읽을 수 있었다.

연단하면 교각이 떠오른다. 특히 난간이 놓인 교각을 주목하게 된다. 그곳을 지나치노라면 난간이며 교각 주변에 널려 있는 대상들이 나를 향해 도열하고 있다는 상념에 젖어 든다.

나를 향한 도열이라. 그것은 옛날 신하들이 왕을 존중하는 염에서 시립하던 관례가 아닌가. 또 있다. 대통령이 외국을 방문할 때면 그 나라에서 예우로 군 의장대 사열을 마련해 주는 일이 종종 있다. 사열 받는 기분이 어떤가. 울려 퍼지는 군 의장대 행진곡에 발맞춰 어깨에 힘을 주고 사열하는 모습에서 드러난다.

10여 년 전, 교실 앞 화단에 해바라기가 무성했다. 가을이 되자 그 키가 나를 웃돌았고 해를 향해 노란 꽃을 피워댔다. 60여 미터에 이르는 화단에 해바라기가 연이어 늘어섰으니 실로 장관이었다. 학생들이 이를 어찌 놓칠 수 있으랴. 서로 좋아서 추억을 만들겠다며 사진 찍기에 여념이 없었다.

해바라기가 하늘거리는 교정을 사랑했다. 그 앞을 지나노라면 녀석들이 숙연한 자세로 도열하고서 나를 맞이해 주는 성싶었다. 마치 군을 사열하고 있다는 착각에 빠진다고나 할까.

그랬던 내가 어렸을 때부터 사람을 여럿 만나면 뒤로 내빼기에 바빴다. 군중 앞에 선다는 건 견디기 힘든 압박이었다. 무언의 압력이 나를 가둬 버릴 거로 여겼지만 용케 극복할 수 있었다. 학교 경영자로서 연단에 섰을 때 전 학생의 초점이 나를 향해 모아질 수 있도록 노력에 노력을 기울였다. 부딪치고 또 부딪치다 보니 어느 정도 그런 두려움에서 벗어났다.

사람은 생각하기 나름이 아닐까. 교정에 있는 시설물과 운동기구들이 나를 향해 도열하고 있고, 나는 그 속을 사열하고 있다고 여기기로 맘을 다졌다. 더구나 영화 '콰이강의 다리'에 나오는 '콰이 마치'가 장중하게 울려 퍼지고 있다고 맘을 정하니 더욱 신바람이 났다.

이젠 교정을 산책하는 데 길들여졌는지. 트랙을 한 바퀴 돌고 놀이터를 맴돈다. 트랙으로 나오고 또 놀이터로 들어가는 걸 되풀이하는 데 익숙하다. 바둑에서 둘 수 있는 경우의 수처럼 가지를 치다 보니 외려 다음에는 어떤 코스로 접어들까 궁리하기에 바쁘다. 시간이 어떻게 흘러가는지 알 바 아니다.

되돌아보면 놀이터를 맴도는 것은 지난 내 과거와 진배없다. 언제나 구불구불 정해진 게 없는 삶이었다. 다만 고마웠던 점은 학생과 호흡을 함께 할 수 있었다는 것. 아귀가 맞지 않기도 했지만 그들을 통해 엉망인 내가 앞으로 나아갈 수 있었다. 지금도 굴곡진 삶을 마다하지 않는다.

영화 속 콰이강의 다리와 해바라기 무성한 교정을 연상하며 나는 오늘도 학생들 놀이터 속으로 빨려 들어간다.

해바라기가 하늘거리는 교정을 사랑했다. 그 앞
을 지나노라면 녀석들이 숙연한 자세로 도열하고
서 나를 맞이해 주는 성싶었다. 마치 군을 사열하
고 있다는 착각에 빠진다고나 할까

3부

네 주먹, 내 주먹

서산에 걸린 하현달이 애처롭다. 달이 하늘에 걸린
의미를 해는 퇴색시키려들 게다. 이제 사위어져
사람들의 시야에서 사라지고 말 저 달이
내 가슴속에 웅크린 아쉬움과 겹쳐진다.

노상에서
네 주먹, 내 주먹
다가오는 미래세계
뜸들이기
말≡ 바둑을 떠올리며
번식, 그 경계는
손끝의 점프
아쉬움
햇살 속에 가을이 익어간다

노상에서

 약속 시간이 촉박하다. 집을 나와 주차장으로 걸어가면서 윗도리의 지퍼를 채우려 애를 쓴다.

 마주치는 사람이 나를 유심히 쳐다보며 간다. 민망하지만 지퍼에 신경이 쓰여 그냥 지나친다. 손 감각으로 어찌해 보려 애를 쓰지만 지퍼의 암놈과 수놈이 맞물리지 않는다.

 '왜 이래?' 고개 숙여 내려다봤다. 놀라움에 눈망울을 굴린다. 이런, 옷이 뒤집어져 있다. 이럴 수가. 한숨이 절로 난다. 벌써 이 지경에 이르렀단 말인가. 재빨리 옷을 벗어 제대로 껴입는다.

 차를 몬다. 저녁노을이 눈부시다. 노을과 남은여생. '운전할 수 있는 시간이 얼마나 남았을까.' 비애가 고개를 내민다. 차를 고속으로 몰기 시작한다.

네 주먹, 내 주먹

이웃끼리 알콩달콩 살면 얼마나 좋을까. 그래서 이웃사촌이라 했다. 그리 사는 친구를 여럿 봤다. 부럽다. 나도 그러고 싶지만 이웃을 사귀는 게 여간 힘든 게 아니다. 마주치면 서로 인사하고 제사 퇴물도 나눠 먹지만 계속 서먹서먹하니.

35년 전, 지금의 집터를 샀다. 확 트여 좋았다. 북쪽으로 차량이 지나다니는 길이 있고 동쪽으로도 골목을 끼고 있어 한결 여유로웠다. 골목 안에 문이 세 개 있는데 그중 하나가 우리 후문이다. 나는 주로 이 후문으로 드나든다. 그리된 사연은 집안 내력과도 관계가 있다.

유년 시절, 점방을 경영한 어머니는 문단속에 신경을 쓰셨다. 나는 공부한답시고 제주시로 가버려 어머니와 누이동생만 집에 남았다. 현금은 늘 돌고 돌아, 우리 집을 눈여겨보는 사람이 있었나 보다. 집안에 강아지를 들여놓았지만 일이 터졌을 때 녀석은 어디론가 사라져버려 아무짝에도 쓸모없었다. 몇 차례의 밤손님으로 생사의 고비를 넘긴 어머니는 문단속에 더욱 적극적이었다. 그런 어머니의 영향을 받아서인지 양상군자에게 내 출처를 노출하지 않기 위해 후문으로 다닌 것이다.

문에는 잠금장치가 있고 키도 있기 마련이다. 후문에는 그런 장치를 하지 않았기 때문에 임의대로 나다닐 수 있다. 긴 세월 후문을 주로 이용하다 보니 대문 키마저 어디로 사라졌는지 종무소식이다. 이래저래 골목을 제집처럼 드나든 지 30년. 세월이 그리 흘렀으니 어찌 풍상이 없을쏜가.

문제는 집 동쪽의 수목에서 비롯됐다. 가을이 오면 울울창창하던 목련 잎이 겨울에 대비한답시고 누렇다 못해 암갈색으로 변한다. 그 낙엽들이 울타리 안으로 떨어지면 좀 좋으련만 중력 따라 바람 부는 대로 떨어지니, 골목이 며칠 사이에 낙엽으로 뒤덮여버린 것이다. 시멘트 바닥에 떨어진 낙엽들은 운치가 없으니 보기에도 흉물스럽다. 어서 치워야 한다.

안 골목 아저씨. 부지런도 하려니와 보통 깨끗한 분이 아니다. 집 안팎을 혼자서 쓸고 닦으며 빨래도 손수 한다. 그런 아저씨다. 골목이 낙엽으로 뒤덮인 걸 보자 끓어오르는 울분을 삭이지 못해 식식거리고 있었는데, 마침 나를 보자 달려와 "아무짝에도 쓸모없는 목련을 왜 그냥 두시오. 빨리 베어버리시오."하며 명령조로 한마디 던지고는 휑하니 가버린다. 얼떨결에 당한 일. 그 심정을 이해하면서도 섭섭한 마음이 일어 먼 산에 눈길을 돌리고 있는 중에 이항복의 유년 시절이 떠올랐다.

이항복네 옆에는 권철 대감이 살았다. 어느 날 밤, 소년 이항복은 다짜고짜 권철의 방으로 다가가 방문의 창호지에 주먹을 내지르며 대뜸 "이 주먹은 누구 것이요." 하고 묻는다. 아닌 밤중에 홍두깨도

유분수지 그로서는 기가 찰 노릇이 아닌가. 마음을 가다듬고 "질문하는 그대는 누군데 그런 무례한 행동을 하는가." 하자 "옆집 이항복이라 하는데, 방문을 뚫고 나간 이 주먹은 내 것인지, 대감 것인지 가려주기를 청하나이다." 하자 "그건 그대 주먹이 당연한데, 뭘 그리 묻는가." 소년은 이때다 싶어 "우리 집 감나무가 대감 마당으로 가지를 늘어뜨렸는데 그 가지에 달린 감은 누구 것인지를 가려주십시오." 그제야 그는 소년이 온 곡절을 짐작하고 "그거야 당연히 그대 것이지." 하자 소년이 즉시 돌아갔단다. 권율의 아버지인 권철은 그때 이항복이 큰 인물임을 깨닫고 그를 사위로 맞아들이도록 권했다고 한다.

이 고사에는 시사점이 있다. 네 주먹, 내 주먹. 울타리를 경계로 한 분쟁은 예부터 있었으며 어떻게 처신할 것인가를 제시하고 있다. 여태껏 무심했다는 생각마저 든다. 안 골목 주인의 심정을 이해하며 적절히 포용해 나가야 할 것이다.

그해 가을에 목련 줄기를 뭉텅 잘라버렸다. 더 이상 안 골목에 피해를 주고 싶지 않아서다. 그 뒤부터 나는 녀석과 힘겨루기를 계속해 왔다. 봄여름에 무성하게 자란 줄기와 잎을 가을이 되면 가차 없이 잘라 골목 안으로 낙엽이 떨어지지 않도록 했다. 목련에게 미안한 마음이 든다. 내게 서늘한 그늘은 물론 공기 정화에 한몫을 다 하고 있는데 나는 매정하게 굴고 있으니.

문제는 연달아 터졌으니. 봄이 오면 묵은 잎을 지우고 새 옷으로 단정하는 녀석들. 목련 좌우에 있는 주목과 비자나무다. 새봄을 맞이하는 잠시 동안 그들은 묘하게도 좀처럼 잎을 떨구지를 않는다.

겉으로는 정적인 상태에 머물러 있는 것 같지만 실은 '새 술은 새 부대에.'라는 속담처럼 새순을 내놓기 위한 총력전에 들어가려고 조용한 것이다. 벚꽃이 피는 시기로 접어들면 먼저 주목이 길쭉한 묵은 잎을 떨어뜨린다. 한참 후에 비자나무도 경쟁적으로 그런 잎을 떨어뜨리기 시작한다. 뻗은 가지에서 떨어진 잎들이 골목에 나뒹굴게 되는 게 문제다. 봄에 돌풍은 왜 그리 잦은지. 걸핏하면 황사가 섞인 바람에 마파람까지 불어 닥친다. 더구나 골목은 바람을 흡인하는 블랙홀처럼 별별 잡동사니들을 다 끌어들이고 있으니.

골목의 잡동사니. 엄청 신경 쓰인다. 주목과 비자나무에서 떨어진 잎들도 한몫을 하기 때문이다. 4월 초입, 아침에 일어나 보니 누군가 골목에 있는 온갖 잡동사니에 먼지까지도 우리 현관 맞은편에 쓸어 모아 둔 것이다. 그것을 보는 순간 울컥한 심사를 가누기 어려웠다.

그것은 '너 어쩔래.' 하고 동태를 살피는 투다. 나도 옆 골목으로 떨어진 잎들을 그냥 나 몰라라 할 수 없어 기회가 닿을 때마다 치워 왔다. 한데 모든 잡동사니를 몽땅 뒤집어씌우는 것은 가당치 않다. 또한 그 요구를 고분고분 들어주면 상대방에게 굽어드는 모양새여서 당분간 관망하기로 했다.

기 싸움은 일주일 가까이 이어졌다. 아침 산책하고 돌아오다 보니 골목이 깨끗해졌다. 더는 참을 수 없어 누군가 손을 댄 것이다. 오만가지 잡동사니들을 쓸어 담으며 얼마나 분통을 터뜨렸을까. 마음이 편치 않다.

주먹을 내지른 이항복 소년이 떠오른다. 방문의 창호지를 뚫고 안으로 뻗은 주먹의 기발함에 혀를 내두른다. 그것은 사건의 원인 제공자가 나임을 말해 준다. 그래, 골목을 끼고 살아가려면 인화가 우선이겠지. 나름의 원칙을 정해 솔선하다 보면 새봄은 돌아올 것이다.

다가오는 미래세계

우리가 사는 이 세계는 변하는 것들로 가득하다.

밤하늘을 가르는 달은 차고 기울기를 밥 먹듯이 하며, 별들 또한 한 곳에 붙박이지 못하고 자리 이동을 계속한다. 우주의 중심에 서 있는 나도 변화의 물결에 몸을 내맡기지 않을 수 없다.

지구촌 역시 변화의 연속이다. 지구 온난화는 오존층의 파괴를 시발로 북극 빙하가 녹아내려 해수면의 상승을 유도해 투발루의 운명을 부추긴다. 맨틀 대류에서 비롯한 지각판의 이동은 지진과 화산폭발, 쓰나미로 이어져 인류에게 재앙을 지피고 있다. 자리돔 어종이 북쪽으로 삶의 터전을 옮겨감에 따라 낯선 열대어가 제주 근해에 출몰하고 있다. 변하지 않으면 생존할 수 없음을 이름이다.

그렇다면 인류문명은 어떤 행로를 걷고 있을까. 1960년대 중반, 새 물결의 도래를 내비치고 있었다. 그것은 토지 자본 노동과 같은 유형 자원을 축으로 하는 사회로부터 지식 정보 통신과 같은 무형 자원을 기반으로 하는 사회로의 전환을 예고함이다. 그러다가 컴퓨터가 인터넷과 연결, 세계를 하나의 망으로 엮으면서 네트워크 사회가 가시화된 것이다. 오늘날 18세기 산업혁명 못지않게 엄청난 변화에 맞닥뜨리고 있는 것은 인류가 네트워크사회에 들어섰기 때문이다.

네트워크사회는 세계를 하나로 통합하는 데 이바지했다. 지리적, 시간적 제약을 뛰어넘고 세계화 지구촌 글로벌과 같은 신조어를 만들며 단박에 국가 간 장벽을 허물고 만다. 세계 어디서나 실시간으로 지식과 정보를 교환하고 문제를 해결하며 상호연관성을 높여 세계 금융을 하나로 엮는 거대 시장을 만든 것이다.

하지만 네트워크사회의 취약점이 드러나고 있다. 미국의 서브프라임 사태로 촉발된 금융위기가 유럽까지 확산돼 그 파장이 어디까지 번질지 아무도 알 수 없는 일. 만약 컴퓨터로 연결된 네트워크가 존재하지 않는다면 국가 간의 장벽이 건재해 이런 사태는 일어나지 않았을 것이다.

네트워크 사회는 또 다른 세계에 자리를 내줄 수도 있다. 생명공학이 소리 없이 우리 곁으로 다가오고 있지 않은가. 그것은 21세기 산업을 선도해 나아갈 것으로 예견되며 장차 인류의 식량문제를 해결하고 각종 난치병을 치료하는 길을 열어 줄 것이다. 유전자변형기술은 물론 발효공학과 하이브리드공학, 농업공학 같은 광범한 내용을 담고 있지만 세계의 눈은 줄기세포로 쏠리고 있다. 그 기대는 손상된 조직을 복원해 냄으로써 질병 치료의 길을 여는 데 있다.

한편, 학자들은 나노기술을 차세대기술로 지목하고 있다. 1 나노미터란 10억 분의 1m를 말하는 것으로서 거의 원자 서너 개를 합친 크기다. 이처럼 극미 세계이기에 이 기술을 이용하면 원자들을 원하는 방향으로 조작하여 신물질을 손쉽게 만들 수 있다. 요즘 나노기술을 이용한 나노봇을 제안하며 차세대 반도체를 만들기 위한 국가 간 개발 경쟁이 치열하다.

뜸 들이기

세상이 바뀌고 있다. 지식기반에 가속도가 붙었는지 변화가 엄청나 뒤쫓으려니 가랑이가 찢어질 지경. 그저 손 놓고 돌아가는 사태를 멀거니 지켜보고만 있다.

휴대폰만 해도 그렇다. 십 년 가까이 곁에 두고 있으나 받고 거는 정도다. 내장된 기능을 다 익히면 편리하고 이로운 점도 많을 텐데 차일피일 미룬다. 타성이 붙었나. 사람들이 쉽게 해내는 일을 되레 나는 거드름을 피운다. 소용되는 점이 있으면 당하는 족족 하나씩 차근차근 익히면 된다는 심산이다. 그래서 휴대폰 기능을 서둘러 익히지 않는다. 요즘 들어 '멀리 돌아가라.'는 옛말이 자꾸만 귓전을 맴돈다.

여유로움 속에는 조상의 숨결이 배어 있다. 어렸을 적 밤하늘을 가르는 피리 소리며 여인들의 다듬이질하는 방망이 소리가 아직도 내 귓전을 맴돈다. 산장 절간의 목탁 소리는 어딘지 사람의 애간장을 타들게 하고 쟁기대어 소로 밭 갈 때 '워워' 하며 소를 부리는 풍경은 한적함을 깨는 소리여라. 이런 여유로움이 뜸 들이기 문화를 배태하여 마침내 꽃을 피워냈다. 그 뜸 들이기의 대표 주자가 김치가 아닐까.

우리 밥상에는 늘 김치가 올라온다. 그것은 생활의 일부라 할 수 있다. 더욱 놀라운 것은 고등어나 삼치를 김치에 곁들여 조리면 김칫국물이 고기 속에 배어들어 맛깔스럽기가 이를 데 없다. 궁합이 딱 맞는 것이다. 그 신비함이 어디서 유래하는 것일까.

김치는 선인들 생활 속에 터득한 지혜의 산물이다. 그 비결은 뜸 들이는 데 있다. 배추를 소금에 절여 오래도록 항아리에 넣어두면 대부분의 미생물은 사라지지만 저온과 소금에 강하며 산소를 싫어하는 유산균은 살아남아 김치를 숙성한다. 그 과정에서 몸에 이로운 비타민과 영양소가 고르게 우러나와 김치 특유의 맛과 향을 내니 신비로울 수밖에.

나는 뜸 들이기를 유년 시절에 체험했다. 새봄과 더불어 꿈에 그리던 중학생이 된 것이다. 교복을 걸치고 중학생의 발랄한 모습을 뽐내려 했으나 이내 꿈은 사라지고 있었다. 몸이 받쳐주지 않았다. 나를 괴롭힌 것은 아침밥이었다. 새벽에 바삐 짓다 보니 제대로 뜸 들여질 리가 없다. 물기가 남아 되다 만 듯한 밥을 먹으니 뱃속이 울렁거려 견딜 수 없었다. 먹은 걸 모두 게워냈다. 온 세상이 노랬지만 한 시간을 걸어야 학교에 당도할 수 있었다.

그땐, 왜 그리 마음만 앞서고 차분하지 못했을까. 일을 보면 성급하기 일쑤였고, 낯선 사람을 만나면 얼굴이 빨개지고 말을 더듬거렸다. 조급함과 내성적인 면이 겹쳤기 때문이다. 그런 내게 마음의 안정을 가져다준 건 바둑이었다. 뭣 모르고 두기 시작했지만 둘수록 그 묘미에 빠져들어 갔다. 신혼부부가 사는 단칸방에 끼어들어 바둑 두다 새벽닭이 울 무렵에야 집으로 슬그머니 들어오기를 밥 먹듯 했으니 아내가 잔소리하지 않을 수 있겠는가. 바둑에 눈이 뒤집혔나 보다.

뜸 들이기는 바둑을 두면서 싹텄다. 바둑은 승패가 분명한 게임. 머리를 굴리지 않을 수 없다. '내가 여기 두면 상대방은 어떻게 응수해 올까. 그러면 판세는?' 하고 생각에 생각을 거듭하다 보면 시간은 물 흐르듯 흘렀다. 그 뜸 들이기가 학교경영에도 은연중 나타난 성싶다.

학교경영은 오케스트라의 지휘자에 비유된다. 우쭐대는 단독 드리블이어서는 안된다. 어깨를 나란히 하고 가야 한다. 그러기 위해선 사람과의 접촉이 우선이다. 끊임없이 대화하고 격려하며 이해를 구해야 한다. 바둑을 두면서 일의 과정을 그려보는 버릇이 몸에 밴 것이다.

나이스 문제만 해도 그랬다. 컴퓨터의 출현은 성적 처리에 일대 혁신을 가져왔다. 예전에 주산 알을 굴리며 몇 시간을 파고들어야 겨우 작성하던 성적일람표를 컴퓨터에 맡기면 그만이었다. 성적을 처리하는 프로그램이 속속 개발되면서 교사들의 일손을 크게 덜어줬다. 가뭄의 단비였다. 그런 와중에 교육부에서 '나이스'라는 새 프로그램을 개발하고 전국적으로 보급하려 했다. 그에 따라 교육청에서도 기일을 정하며 일선 학교에 나이스 채택을 협조해달라는 공문을 보내 왔다. 하루속히 교사들의 의견을 물어 가부를 결정해야 한다.

교사들은 변화를 싫어한다. 그들이 프로그램을 새로이 익히고 거기에 맞춰 성적을 작성하려면 귀찮은 점이 한두 가지가 아니었으리라. 교육노조가 반대하고 나서자 이에 동조하는 교사들이 늘어나 학교가 들썩거렸다.

학교는 두 그룹으로 나뉘었다. 나이스 추진파와 기존 프로그램의 사수파로 양분됐다. 줄다리기가 시작된 것이다. 내가 근무하는 학교에서는 교육노조에 든 교사가 절반을 넘어 나이스를 추진하기에는 어려움이 많았다. 순항 중이던 배가 나이스로 인해 어디로 항해하게 될지 심히 우려됐다.

돌파구가 보이지 않았다. 교감을 비롯한 부장들과 숙의를 거듭하나 뾰족한 수가 없다. 교사들은 주변 학교가 취하고 있는 정보를 미주알고주알 알려줬다. 대부분 생채기가 난 것을 귀담아들으면서 줄을 느슨하게 늘어놓아야겠다는 생각이 들었다. 이건 프로그램이 좋다 나쁘다 하는 문제라기보다는 교사들의 격앙된 감정을 가라앉히는 게 급선무였다.

어느새 가부를 결정해야 할 시기가 다가오고 있었다. 나름대로 생각할 수 있는 시간을 준 것이 주효했는지 교사들은 그새 신구 프로그램의 장단점을 꿰차고 있었다. 성적을 기존 프로그램으로 작성하려면 괜히 사서 고생하게 됨을 아는 모양이다. 오히려 노조에 든 교사들이 나이스 통과를 도와주겠다고 나서는 게 아닌가. 몇몇 반대가 있었지만 나이스를 채택하기로 의견이 모아졌다. 자연스럽게 의견 조율이 이루어진 것이다.

교단을 떠난 지 7년 차다. 산업혁명의 소용돌이에 이어 또다시 세상은 변화의 물결에 휩싸여 있다. 모든 게 바삐 돌아간다. 하나

빠르기만이 능사가 아니라 사안에 따라서는 뜸 들이기도 필요함을
알게 됐다. 마치 김치를 숙성하는 과정이 필요하듯이.

말^를 바둑을 떠올리며

밤이 깊어 잠자리에 들었다.

낮에 두었던 바둑 장면 하나가 날 짓누른다. 어째서 내 말을 살리는 데만 급급했을까. 면밀히 검토했더라면 더 나은 국면으로 끌어올릴 수 있었을 텐데.

우 하변으로 먼저 밀고 들어가면 어땠을까. 그쪽을 내버려 둔 채 상변 쪽의 내 집을 넘보겠지. 그 집은 엉성한지라 공격을 당하면 살길을 찾아 미로를 헤맬 수밖에.

우 하변을 공격하기 전에 공작이 필요했다. 선수를 뺏기지 않으려면 상변에서 젖혀 잇지 말고 그대로 슬쩍 2선으로 늘면 될 것을. 집이 안정되기도 하려니와 뒤가 허해진 상대방은 응대하지 않을 수 없을 터. 그 틈을 타 우 하변을 공략하면 금상첨화가 따로 없겠지. 책략 부족이다. 그것은 수를 읽는 능력이 얕음을 말함이다. 조남철 국수의 '바둑에 살다'에 나오는 전설이 떠오른다.

어느 마을에 김 청년이 살았다. 바둑을 잘 두어 그를 당할 자가 인근에 없었다. 먼 데 나가 바둑을 두다 집으로 돌아오던 도중, 그만 산중에서 날이 저물었다. 사단이 난 것이다. 주변을 둘러보았으나 인가가 보이지 않았다. 들짐승 울음소리에 가슴을 조이며 숲속을 정신없이 헤맸다. 얼마를 걸었을까. 멀리서 반딧불 같은 불빛이 비쳐 그리로 허겁지겁 다가갔다.

초가삼간 오막살이였다. 호기를 내어 문을 두드렸다. 젊은 부인이 나타나더니 "시어머니와 같이 사는데, 누추해도 괜찮다면 자고 가세요." 한다.

잠자리에 들었다. 숲속을 헤매선지 피곤이 엄습했다. 눈이 감기려는 찰나, 옆방에서 두런두런 말소리가 들려왔다. "애야, 우리 바둑 둘까." "네, 어머님." "네가 먼저 두어라." "예" 하더니 바둑이 시작되는 모양이다. 그 얘기에 정신이 뻔쩍 든 청년은 옆방으로 온 신경을 곤두세웠다.

기괴하다고 할까. 당연히 바둑판 위에 '딱' 하고 바둑알 놓는 소리가 들려야 하는데 말소리만 이어진다. "몇의 몇에 두었어요." "그래, 몇의 몇이다." 그렇게 몇십 번을 주고받더니 "제 말이 죽었네요. 오늘은 제가 졌습니다." "그래, 몇의 몇에 둔 수가 과했나 보구나. 그럼 내일 또 두자." 이윽고 잠잠하다.

말로 바둑을 풀어나가다니, 어안이 벙벙할 수밖에. 감히 흉내 낼 수 없는 고수들임이 분명하다. 자기 바둑이 이에 미치지 못함을 한탄했다. 이런저런 생각에 뜬눈으로 밤을 지새우다 그만 깜박했나. 소스라치게 놀라 깨어나 보니 집도 사람도 온데간데없다. 꿈인지 생신지 분간을 못 한 채 비몽사몽 간에 집으로 발걸음을 옮겼다.

조남철 국수는 시어머니와 며느리가 바둑을 말로 풀어나간 것은 바둑의 경지를 어디까지 드높일 수 있는가를 보여 주는 예라고 갈

파했다.

내 바둑은 중급에 속한다. 그 수준에서 벗어나려고 얼마나 몸부림치고 있는가. 거의 20년을 제자리걸음이다. 향상의 기미가 보이지 않는다. 숱한 세월, 술잔을 기울이듯이 바둑을 즐기며 보다 나은 바둑을 두기 위해 애써 왔다. 정석 활용을 체계화한다며 바둑책에 매달리기도 하고 고수의 자문도 구해 봤다. 막상 고단자와 겨뤄보면 잘 나가다가도 한 방에 무너지는 일이 부지기수다.

바둑 즐기는 방안을 모색했다. 컴퓨터바둑이 유행처럼 봇물을 이루고 있으나 식미에 맞지 않는다. 시간을 지체하면 여지없이 시간패가 선언된다. 고민할 틈새를 주지 않는데 어찌 더 접할 수 있으랴.

그러다 눈에 띈 게 신문에 연재되는 바둑 기보. 눈으로 슬쩍슬쩍 들여다보는 척하다 지나치기 일쑤였다. 어느 날, 중앙지 경제신문에 실린 바둑 기보를 스크랩해서 19로에 놓아 봤다. 그리 천착하게 될 줄은 몰랐다. 처음에는 왜 그리 둬야 하는지 알 수 없었다. 되풀이하다 보니 비로소 그렇게 해야 하는 연유를 어렴풋이 깨닫게 되고, 첫 착점부터 돌을 거둘 때까지의 기보를 복기할 수도 있게 됐다. 한판의 바둑을 머릿속에 담아두고 있는 것이다.

담아둔 그 기보는 기억의 주머니에 오래 남지 못한다. 대국 하나가 끝나면 또 다른 판이 기다려서다. 새로이 시작되는 기보에 매달리다 보면 전에 접했던 기보는 까맣게 지워지고 만다. 애써 외운 걸 다 까먹다니 억울하지도 않은가. 바둑 기보로 기억의 주머니가 가득 채워지면 아마 바둑에 매몰돼 헤어나지 못하기도 하려니와,

삶을 정상적으로 영위하지도 못할 게다. 잊어버려야 한다.

오늘도 신문에 연재되는 바둑 기보를 학수고대한다. 기보에 실린 마지막 한 점이 궁금증을 증폭시킨다. 상대방은 어떻게 응수할까. 내 바둑 실력을 총동원해 머리를 굴려 보나 알아맞히기는 쉽지 않다. 프로기사들의 안목을 따라갈 수는 없다. 내 나름대로 놓아 보는 데 의미를 부여할 뿐.

날이 갈수록 바둑이 어렵다. 수준 높은 바둑을 접하고 있으니 조금은 실력이 향상됐을 거로 자부하나, 실제 바둑을 둬 보면 별로 늘지 않았음이 드러난다. 낙담하지는 않는다. 바둑에 정진하노라면 언젠가 달라지는 날이 올 것이다.

바둑은 기예에 속한다. 단순하면서도 19로에 펼쳐지는 변화는 무궁무진하다. 흑 선으로 시작되는 진검승부는 용호상박, 풍운의 변화가 일고, 성진의 서열이 뚜렷해 신묘하기 이를 데 없다. 어찌 바둑에 매료되지 않을 수 있으랴.

시어머니와 며느리가 둔 말 바둑. 감히 흉내 낼 수 없는 경지임을 절감한다. 대신 세계 최정상들이 겨루는 기전을 감상할 수 있다는 데서 위안으로 삼자.

밤이 깊어 사위가 고요하다. 내일을 위해 어서 잠을 청해야겠다.

번식, 그 경계는

밤이 깊어 사위가 고요하다. 이제 잠자리에 들 시간이다.

그 전에 할 일이 있다. 가스 잠금을 확인하러 부엌에 들른다. 불을 켜고 방 이곳저곳을 살피다가 맨바닥을 어정대는 벌레 한 마리가 눈에 들어온다. 덩치가 거미보다 크고 적갈색을 띤 녀석, 바퀴벌레다.

부리나케 칙칙이를 찾는다. 칙 뿌리는 살충제. 그걸 찾아들고 녀석이 배회하던 곳으로 살금살금 다가간다. 바닥을 맴도는 그 녀석을 향해 칙칙이를 뿌려댄다. 한 차례 약 세례를 얻어맞더니 그제야 나 살려라 줄행랑이다. 도망친 쪽에는 쌀독을 비롯한 가재도구들이 즐비해 어디로 숨어들었는지 가늠을 못 하겠다. 아쉬웠다.

다음 날 새벽, 물을 마시려 부엌으로 간다. 바퀴벌레 한 마리가 바닥에 널브러져 있다. 어젯밤에 맞닥뜨렸던 녀석이다. 그 칙칙이의 효력이 기대 이상이어서 흐뭇하다. 생사를 확인하려고 살피던 중, 녀석의 꽁지 쪽에 액체가 번져 있지 않은가.

뭘까. 호기심이 발동해 돋보기를 들이댄다. 놀랍게도 대여섯 개의 알들이 분비물과 뒤섞여 있다. 죽음을 앞두고서도 후손을 남겨야 한다는 간절함이 서려 있다.

그 치열함에 혀를 내두르게 된다. 혼신의 힘을 다한 인고가 있었기에 수억 년 전부터 오늘에 이르기까지 그 명맥을 이어왔지 않을까. 지구와 혹성의 충돌, 지축을 뒤흔드는 지진과 홍수, 공룡의 멸종을 뛰어넘어 오늘에 이르기까지 삶의 끈을 이어 온 동인. 그걸 떠올리자 인간들이 내는 파열음이 세계 곳곳으로 거듭되는 요즘, 언젠가는 녀석들이 인간을 뛰어넘을 수도 있겠다는 생각에 섬뜩함이 밀려든다.

바퀴벌레만이 아니다. 지상에서 삶을 구가하는 뭇 생물들은 자기 자손을 퍼뜨리려 안간힘을 다하며 자기 종족을 보존하기 위해 죽음도 불사한다.

하지만 새로운 세기가 시작되면서 변화의 물결이 일고 있다. 컴퓨터와 인터넷의 등장, 모든 게 글로벌화 하면서 기존의 사고체계가 빛을 잃더니 예부터 내려오던 관습이며 풍습들이 여지없이 무너지고 있다. 그 바람이 산지사방으로 퍼지더니 생식계로도 번지고 있다.

귤 하나를 해체해 한 조각을 입에 넣는다. 살그머니 과육을 터뜨리자 달디 단 즙이 입안 가득 퍼지나 걸리적거리는 게 없다. 어렸을 적, 귤을 먹다 보면 콩알보다 큰 씨가 여러 개 들어 있어 이를 골라내느라 입을 오물거려야 했다. 언제부턴가 혀끝에 씨의 감촉이 와 닿질 않는다.

이상도 해라. 감귤은 하얀 꽃을 피우고 수분 과정을 거쳐 감귤이라는 열매를 만들어 내는데, 그 속에 들어 있어야 할 씨가 보이지 않으니.

과일로 상용하는 사과 배 복숭아 참외는 어떤가. 그들은 모두 씨를 간직하고 있어 내일의 비상을 꿈꾼다.

꽃을 피우는 사연은 뭘까. 생식의 완성이다. 벌 나비들은 꽃을 찾아 먼길을 마다하지 않고 붕붕거리며 꽃으로 날아든다. 그 과정에서 꽃가루가 암술에 묻히니 그들의 역할이 크다 하겠다. 민들레는 노란 꽃을 피워 만든 씨앗에 관모를 달고 먼 거리를 비행, 종의 확산에 나선다.

예전에 볼 수 없던 일들이 불거지는 세상이다. 오로지 인간의 입맛에 맞춰 상품화된 감귤이 횡행하는가 하면 정원수로 자리 잡은 철쭉도 마찬가지다. 연분홍 꽃이 환하게 피어나면 지나던 행인들도 훔쳐보기 바쁘다. 오래도록 아름다움을 뽐내라고 정성을 다해 물을 주나 그것은 바람일 뿐 어느새 시들고 만다. 화무십일홍이다.

시든 철쭉꽃을 손에 들고 암술과 수술을 가려 본다. 여러 개의 수술에 에워싸인 암술이 확인된다. 분명 암술과 수술이 있어 수분을 기대해 보나 그것은 바람일 뿐 씨를 맺을 염을 하지 않고 있음이다.

그들에게도 할 말은 있겠지. '씨를 만들지 않는 게 무슨 대수냐고. 어떻든 대만 이어 가면 될 일 아닌가. 영양번식으로 수를 불릴 수도 있으니 굳이 씨받이를 강요할 필요는 없지 않으냐.'고.

그렇다고 씨를 만들지 않는다니 무슨 보람으로 살아가는 걸까. 분명 꽃 속에 암술과 수술이 상존하니 씨앗이 영그는 게 도리요 이치다. 그런데도 그들은 씨를 내놓지 않는 걸 보면 찰나에 족하는 자들이라 할 수밖에.

그 녀석이 떠오른다. 나로 인해 여명을 달리했으면서도 후손을 남겨야 한다며 사력을 다한 몸부림이 인상적이다. 반면 감귤과 철쭉은 꽃을 피우고서도 후손에 대한 열망이 없다. 오직 인간을 위해 웃음 짓는 격이라고나 할까, 자기 종족보존이라는 명제를 저버린 지 오래다.

몇 년 전, 외삼촌이 나이 들어 병실에서 싸늘한 시체로 변했다. 아이를 하나도 거두지 못해선지 지켜보는 이 없었다고 한다. 보람을 남기지 못하고 저승길로 떠나는 발걸음이 얼마나 애달팠을까. 장례식장에서 작별인사를 드리는 도중, 목이 다 메어 왔다.

요즘 생산인구라는 말이 회자되고 있다. 어린이나 청소년층이 많으면 생산인구가 늘고 노년층이 많을수록 생산인구는 줄어든단다. 올해 정점을 찍는다고 한다. 그것은 경제 유발효과와 직결되고 나라의 미래를 가늠할 수도 있다.

바퀴벌레와 감귤. 그중에 어느 쪽이 종족보존의 고지에 선착하게 될지, 눈여겨볼 일이다.

손끝의 점프

예전에 돌고래로 통하는 축구선수가 있었다. 점프가 뛰어나 그런 애칭을 얻은 것이다. 그리 큰 키는 아니었지만 볼이 날아오면 치솟아 올라 누구보다도 잽싸게 머리로 받아 골망을 흔들곤 했다.

점프. 뛰어오름을 이름이다. 너비뛰기나 장대높이뛰기를 하려면 점프가 선결 과제로 떠오른다. 배구 경기를 할 때도 상대방을 제압하려면 돌고래처럼 뛰어올라 강스파이크를 먹여야 한다. 인생살이에서 점프를 한다는 것은 단계 하나를 뛰어넘는, 진보의 길로 들어섰다는 것을 의미한다. 얼마나 역동적인 모습인가.

2월말로 손녀 유지가 어린이집을 수료한다. 코를 훌쩍이며 주저주저 행동하던 녀석이 지금은 글도 깨치고 친구도 사귀며 어린이집 정리를 도맡아 한다. 3년 동안 선생님들의 귀염을 받으며 벗들과 아옹다옹 소꿉장난하던 곳이라 어찌 감회가 없으랴. 아쉬움이 컸던지 뭔가 징표도 남기며 자기를 뽐내고 싶기도 했겠지.

일곱 살배기, 걔에겐 꿈이 있었다. 생일 축하연이 있을 때마다 선생님이 피아노 반주치는 게 부럽기도 하려니와 도전의 대상이기도 했던 모양이다. 아침에 어린이집에 가면서 할머니에게 졸라댄 것이다. 수료식 날에 친구 생일 축하연이 있는데 그때 '생일 축하합니다.' 노래의 피아노 반주를 하고 싶으니 원장 선생님께 말해 달라고. 할머니는 손주의 얘기가 기특하다고 생각했는지 "그리하자."고 기꺼이 승낙했다.

먼저 피아노학원에 곡을 구해달라고 부탁해 봤다. 수료식에 즈음해 유지가 '생일 축하연'의 노래를 반주하고 싶어 한다고 하자 원장은 고개를 갸우뚱하는 게 아닌가. 유지가 그 곡을 치기에는 아직 힘에 부치기도 하려니와 연습할 수 있는 시간이 촉박하다고 토를 단다.

그래도 유지의 소원은 이뤄져야 한다. 곡을 구하자 어린이집 원장을 찾아가 유지가 생일 축하연 곡을 치고 싶은 모양이라고 했다. 원장을 비롯한 교사들이 이구동성으로 "유지야, 할 수 있겠어? 너 대단하다. 그래, 해보자." 하면서 격려해줬다.

집에 돌아와서 생일 축하연 곡을 연습하기 시작했다. 리듬이 잘 나가다가도 늘어지고, 끊기는가 하면 또 이어졌다. 애가 바짝바짝 타들었다. 오른손으로만 쳐보도록 하면 부드럽게 타다가도 양손을 쓰면 자갈밭 길을 걸어가는 것처럼 우둘투둘했다. 이대로 나가다가는 피아노 반주와 애들 노래가 따로 놀 게 뻔했다. 포기하도록 종용하고 싶은 심정이었다.

다음 날 유지 얼굴이 밝다. 아침에 서너 번 건반을 두드려 봤더니, 어제보다 훨씬 나아졌다고 한다. 그늘이 없는 활기찬 모습으로 집을 나서는 녀석을 보니 마음이 놓이기는 했지만 그래도 마음 한 구석의 불안감을 지울 수는 없었다.

저녁에 피아노학원을 나서는 유지 얼굴에 미소가 엿보였다. 오늘 서울로 떠나는 친구의 생일 축하연이 있어서 피아노 반주를 했다는 것이다. 처음에는 잘못돼 원장 선생님이 새로 치도록 했는데 두 번째에는 제대로 쳐서 선생님과 친구들에게서 박수를 받았다고 자랑이다. 그 말을 듣자 일단 마음이 놓이기는 했지만 아직도 벼랑 끝을 헤매고 있다는 생각이 들었다.

내일은 생일 축하연과 함께 수료식이 있는 날이다. 유지의 어린이집 마지막 날을 의미 있게 장식하며 자신감도 심어줘야 한다. 집에 돌아와 줄곧 그 곡을 연습했는데 거치적거리는 게 있었다. 잘 나가다가도 '사랑하는'이라는 부분에 이르면 곡에 맞춰 왼손이 건반에 닿지 못해 자꾸만 뒤뚱거린다.

안타깝다. 거슬리는 부분을 연달아 쳐 보도록 했다. 몇 차례 반복적으로 건반을 두드리는가 싶었는데, 갑자기 매끄럽게 연결하는 게 아닌가. 놀라웠다. 어떻게 이런 일이 일어날 수 있을까.

한 단계를 훌쩍 뛰어오르다니. 바로 점프였다. 케쿨러가 벤젠의 분자 구조식을 그려내기 위해 연구에 연구를 거듭하는 도중, 여섯 마리 뱀이 서로 꼬리를 물고 한데 이어지는 꿈을 꾼다. 그는 거기서 힌트를 얻고 벤젠 분자 구조식을 만들어내자 사람들은 케쿨러가 생각의 점프를 일궈냈다고 했다. 마찬가지로 유지는 노력 끝에 건반을 두드리는 손끝이 매끄러워진 것이다. 놀랍다. 그것을 손끝의 점프라 하면 어떨까. 뇌와 손끝의 신경은 정교하게 연결돼 있으니까 반복 연습에 의해서 손끝의 움직임을 뇌가 리드미컬하게 연결한 것이다.

손끝 점프의 연착륙을 보자 또 다른 사념이 떠올랐다. 나는 유지와 영어 공부를 한다. 어린이집을 다니는 실정이라 이른 감은 있지만 너나없이 극성들이어서 준비 차원에서 녀석과 이삼십 분 '어린이 영어사전'을 훑어본다. 악토퍼스와 같은 생소한 단어들이 군데군데 끼어 있어서 녀석이 힘들어한다. 그런 단어들은 그냥 넘겨버릴까 했지만 책장을 걷을 때마다 눈에 거슬려 그대로 밀어붙이고 있다.

유지는 알파벳을 곧잘 부르면서도 글자를 모른다. 그런데도 사전에 실린 그림과 우리 글, 내가 하는 발음 따라 영어단어를 조금씩 익혀 나가는 것을 보면 입이 벌어질 지경이다. 시작한 지 3개월, 익힌 단어가 절반을 넘어서고 있으니 녀석도 신바람이 나나 보다.

어떻게 영어단어를 익힐까. 낯선 단어를 접하면 처음에는 모르는 게 당연하다. 서너 번 반복해도 별로 진전이 없는 것 같지만 반복하다 보면 더러 주워섬기는 게 생긴다. 기억의 주머니 속으로의 입력. 바로 기억으로의 점프다.

점프는 그리 쉽게 이루어지는 게 아니다. 노력하는 가운데서 그 싹이 튼다면 어떨까. 말하자면 '낮에 생각한 것이 꿈에 보인다.'는 중국 속담의 이치라 할 수 있다. 수료식 날 유지의 꿈은 이루어졌다. 성공적으로 피아노 반주를 마친 것이다.

이제 유지는 유치원생이다. 미지 속으로의 입문. 선생님과 친구, 교실들이 모두 낯설겠지만 녀석은 적응이라는 흐름을 타며 점프를 계속할 것이다.

아쉬움

공원이 희붐하기 시작한다. 숲속에서 잠자던 새들의 지저귀는 소리가 정겹게 들린다. 언뜻 고개 들어 창공을 바라보니 하현달이 서산에 걸렸다. 아직도 지평선에 닿으려면 한참 더 가야 하는데 이를 어쩔 것인가.

교실이 침묵에 잠겼다. 교실 곳곳에 책장 넘기는 소리만이 흩날릴 뿐. 학생들은 시험지와 책장 사이로 눈길이 오가며 답을 찾는 데 골몰한다. 진지하다. 모든 게 의도한 대로 진행된다고 여겼다.

오픈 테스트다. 처음 시도하는 낯선 시험이라 어떤 일이 불거질지 알 수 없어 시험장을 둘러봤다. 교장은 그런 시험도 있냐며 내키지 않아 했지만 이미 묵인한 상태. 학생들은 "책이며 노트를 펴고 시험을 볼 수 있다."고 예고하자 좋아라 손뼉까지 쳐댔었다.

교육의 책무는 막중하다. 인성과 창의성이라는 두 축을 올곧게 세워 2세들 꿈이 소담스레 영글게 해야 한다. 30년간 과학교과와 씨름해선지 우리의 미래가 과학, 특히 창의성 함양에 달렸다고 봤다. 예측할 수 없는 상황에 부닥쳤을 때 그 원인을 찾아 해결 방법을 다각도로 궁리하며 결과를 미리 예견하는 교육이 절실하다. 평가 또한 교육 성과를 재는 도구이므로 그것을 어떻게 펼치느냐가 관건이다.

교직에 첫발을 내디뎠을 때는 암기 위주의 출제였다. 연륜이 쌓이면서 내 방식에 의문이 들었다. 과학 교과는 탐구적이어야 한다는 인식에 눈을 뜬 것이다. 이해를 구하는, 교육목표에 접근하는, 본질에 귀착하는 출제에 비중을 뒀다.

정작 시험이 임박하면 학생들은 어떻게 하는가. 벼락치기다. 뜬눈으로 밤을 새우며 줄을 긋고 달달 외운다. 점수만을 의식한, 시험이 끝나면 깡그리 잊어버리는 그런 방식에 나는 수긍할 수 없었다. 독서로 사고의 폭을 넓히며 사물에 대한 이해를 깊게 하는 탐구적인 문제들이 출제된다면 학습도 그런 방향으로 전개되지 않을까 싶다.

오픈 테스트에 뜻을 굳혔다. 지닌 자료를 동원해 문제를 해결하는 방식. 암기 위주의 시험에서 벗어나 통찰력과 이해력, 논리적 사고에 무게를 둔 것. 일상생활 도중 해결하기 힘든 일에 부딪히면 친지와 상담하거나 자료들을 뒤지며 심지어 도서관까지 들락거려 문제의 본질을 파악하다 보면 자연 실마리가 풀릴 게 아닌가. 학생들은 그런 능력을 익혀야 하며 덩달아 평가도 그런 방향으로 발을 맞춰야 한다.

시험이 끝나자 학생들이 몰려들었다. 볼이 부은 채. 그런 시험은 난생처음이라고 아우성이다. 교과서와 참고서, 노트를 아무리 뒤져도 답을 찾지 못했다고. 그런대로 넘어가는구나 하고 맘을 놓았던 게 오산이었다.

서둘러 채점했다. 추풍낙엽이었다. 최고 점수가 60점을 겨우 턱 걸이할 정도. 속살에 숨어 있는 정답을 찾기란 쥐구멍에 볕 들기만 큼 힘들었나 보다. 미로 속에서 조금 헤매다 그만 포기하고 뒤돌아 서 버린 것이다.

성적을 어떻게 부여할 것인지 마음이 착잡하다. 성적이 바닥인 녀석들이 많아 그대로 내세울 수 없다. 다행히 과제며 학습 태도를 메모한 게 있어서 합산해 성적을 매겼다. 기대에 미치진 못하지만 이미 엎질러진 물이 아닌가.

생각이 짧았다는 후회가 앞섰다. 시연 과정이 필요한데 단박에 끝장내려 한 것이다. 폭넓게 공부해 두라고 예고했으면 좀 좋았을 까. 오픈 테스트라 하자 학생들은 식은 죽 먹기로 여기고 자료들만 챙긴 모양. 막상 시험장에서 책을 뒤적이며 궁리해 보나, 답을 찾 기란 요원. 학습에 흥미가 없는 녀석들을 위해 몇 문제는 교과서 그대로 깔아주는 배려가 필요했다. 논리적인 서술에 치중했다는 생각도 일었다.

뼈아픈 체험이었다. 철저하게 부서지고 말았다. 오픈 테스트 프 로그램 체계에 손질이 더 필요한데 손을 놓을 수밖에 없었다. 인사 발령장이 날아든 것이다. 시내 중학교로 근무하라는 통지다. 짐을 챙기고 뒤돌아서는 발걸음이 무거울 수밖에. 그것으로 오픈 테스 트와의 인연은 끊어지는 듯했다.

새 천년에 앞서 나는 교장 연수를 받았다. 세 번에 걸친 긴 여정. 그 중 LG인화원에서 오픈 테스트를 만난 것이다. 학습한 내용을 곧바로 평가하기 때문에 매 시간마다 긴장의 끈을 늦출 수 없었다.

교재는 있지만 강의내용에서 주로 출제하기 때문에 논리적으로 살을 붙여 나가려니 진땀이 났다. 답안을 작성할 때마다 그것과 씨름했던 지난날이 시나브로 떠오르며 내게 열정의 불씨를 지펴줬다.

교단을 등진 지 8년 차. 숱한 세월 속, 교육현장에 영상매체들이 속속 들어오고 있으나 진학에 전념할 수밖에 없는 현실이 아쉽다. 비록 눈보라 후려치는 혹한의 계절이라 할지라도 새봄은 도래하기 마련. 이런 때일수록 어린 학생들을 가슴에 품고 도전의 장을 펼쳐 나가야 하지 않을까.

새벽 공원, 서산에 걸린 하현달이 애처롭다. 달이 하늘에 걸린 의미를 해는 퇴색시키려들 게다. 이제 사위어져 사람들의 시야에서 사라지고 말 저 달이 내 가슴속에 웅크린 아쉬움과 겹쳐진다. 추억을 되새기며 어서 피안의 세계로 달려가자.

나는 말한다. 내 붓끝은 오픈 테스트에서 비롯됐다는 것을.

햇살 속에 가을이 익어간다

감이 익었다.

10월로 들어서자 아내가 감 따러 가자고 성화다. 며칠 전만 해도 우리를 지치게 했던 무더위다. 어느새 감이 익는 계절로 들어서다니 반신반의하며 아내 따라 도남 옛집으로 갔다.

지난여름은 예년과는 사뭇 달랐다. 여름인가 싶더니만 더위에 시달렸다. 밤에는 열대야로 잠 못 이루는 날들로 채워졌다. 올여름도 땀으로 뒤범벅이겠구나 단단히 각오 중인데 반가운 소식이 날아든다. 장마가 시작된다는 것이다.

장마는 더위를 식혀 줬다. 문을 닫고 잠을 청할 정도였다. 집안에 습기가 배고 길이 질척거려 생활에 불편한 점들이 있었지만 육지가 가뭄과 더위로 헉헉댄다는 소식을 접하며 오히려 안도하기도 했다. 그런 장마전선이 오르내리기를 몇 번 반복하더니 육지에 붙박아 내려올 기미를 보이지 않는 게 아닌가.

기상이변이 일어난 것이다. 장마전선이 육지를 뒤덮어 소나기성 폭우를 4,50일 퍼부어 대니 농작물이 견뎌낼 재간이 없다. 이런 적이 없었다. 야채며 과일나무를 비롯한 모든 것들이 질러대는 아우성, 천지에 가득했다. 구름에 가려 해를 보기가 쉽지 않았고 품귀 현상에 농산물 가격이 천정부지로 치솟았다.

장마 기간에는 의당 비가 내려야 하는 법. 육지는 물난리인데 제주는 마른 가뭄으로 허덕였다. 하늘에 구름이 잔뜩 끼어 있으면 뭐하나. 무슨 억하심정으로 비로 변신할 염을 먹지 않는지. 마파람까지 들이닥치자 사람들은 정신을 제대로 가누지 못하고 해롱거리는데 또다시 남쪽에서 태풍이 올라온다는 뉴스다.

그런 제주의 위기를 구한 것은 태풍 무이파였다. 한참 무더위가 기승을 부릴 즈음, 녀석은 제주 곳곳에 크나큰 상처를 입히고 떠나면서도 대신 비를 넉넉하게 선사했다.

그것도 잠시. 태풍이 지나간 이후로 일주일이 가고 한 달이 지나도 비 내리는 풍경을 좀처럼 접할 수 없다. 비가 내린다고 예보했으나 일시적으로 두어 번 휘갈기는가 싶더니 그뿐. 땅은 거북이 등처럼 갈라지고 작물들은 앙상하게 뼈대만 남았으니 타들어 가는 농심을 어이 할까. 과학기술이 고도로 발달한 세상이라 하나 어찌 비를 마음대로 다스릴 수 있으랴. 오직 자연만이 그 일을 해낼 수 있다는 것을 절감했다.

이제 10월 초입이다. 엊그제까지만 해도 사람들이 더위에 시달리더니 하루 이틀 새에 그렇게 기온이 달라질 수 있을까. 시간이 지날수록 아침저녁으로 서늘한 기운이 더해져 확연히 가을임을 느낄 수 있었으나 한낮의 더위는 한여름을 방불케 했다. 아직도 녀석은 혼신의 힘을 다해 버티고 있는 것으로 여겨졌는데, 감이 그런 내 생각을 바꾸게 했다.

감이 빨갛게 익어가고 있었다. 홍시다. 가지에 빨간색을 대롱대롱 매달고는 나를 반갑게 맞아준다.

이제 제철을 만난 것이다. 빨갛게 익은 홍시는 가을의 상징. 한동안 잊고 지냈던 하늘을 올려다봤다. 흰 조각구름 틈새로 파란 하늘이 내비치고 있다. 진정 하늘은 드높고 말은 살찌는 계절이 내 곁에 다가왔음을 일러 준다.

홍시를 하나 따서 이빨로 깨물었다. 달디 달다. 달콤함이 입안 가득 번진다. 예년에 비해 알이 작다. 가뭄으로 목이 얼마나 탔으면 이렇게 조만해졌을까. 열매를 내놓느라 고생깨나 했겠다.

감나무는 어머니가 심은 것이다. 당신이 여기 달린 홍시를 맛봤는지 가물가물하다. 옛 어른들은 후손들을 위해 그렇게 수고한 게 아닐까. 심은 지 20년은 족히 됐겠지. 사다리를 걸어야 딸 수 있을 정도로 자라 내 키 곱절에 가까운 높이를 자랑하고 있다. 홍시는 시나브로 빨갛게 충만해지고, 잎사귀는 봄여름에 무성했던 초록색의 윤기를 잃고 시들하니 매달렸다. 얼마 후에는 바람에 휘둘려 어디론가 스러지겠지.

한 시간 이상 감을 땄다. 사다리에 올라서니 엉거주춤한 자세이기도 하려니와 고희를 넘겨서인지 몸을 자유로이 움직일 수 없다.

가을로 들어서면 지난 일들이 꼬리를 물고 일어난다. 어머니와 내 키만큼 자란 조나무를 베며 땅속에 묻힌 고구마를 캐던 추억이 가물거린다. 방앗간도 생각난다. 조 이삭에서 나오는 먼지를 머리끝에서 발끝까지 뒤집어쓴 채 방앗돌을 하염없이 굴리던 일이 아스라하다. 그런 가을이 올해는 그렇게 쓸쓸할 수가 없다. 타는 농심이 들판에 가득하기 때문이다.

감을 한 보따리나 주워 모았다. 나무 한 그루에서 이렇게 많이 나오다니 신기하다. 까치밥으로 몇 개 남기고서 돌아오는 발걸음이 가볍다. 빨갛게 익은 것들을 추려내어 소쿠리에 담고 씻어 저녁에 가족들과 같이 먹었다. 손주가 맛을 아는지 입을 오물거리며 먹는 모양새가 귀엽다.

감에서 가을이 물씬 풍겨 온다. 성스럽기까지 하다. 지금은 가을의 초입임이 분명하다. 얼마 없으면 휘황찬란하게 단풍들이 절정을 이루고 들판에 고개 숙인 벼 이삭이며 바람 따라 몸을 굽히는 갈대의 군상을 보게 될 것이다.

이 결실의 계절에 내가 보듬으며 일궈 놓아야 할 건 무엇일까. 가슴이 탄다.

4부

내 몸속 이물질

무심의 세계로 들어서고 싶다.
돌은 내게 상처를 안겼지만
복잡한 한 생을 마감하는 그날이 오면,
모든 것 훌훌 털고 내면으로만 받아들이는 돌이 되리.

봄의 전령

　생각지 못한 일이다. 한 송이 수선화가 완연히 고개를 내밀다니. 아직도 찬 기운이 널렸는데도 노란색을 피워 올려 줘 내 맘의 칙칙함이 다 사라진다.

　지난겨울은 지루한 삶의 연속이었다. 추위가 얼마나 혹독했던지 방구석에 틀어박혀 은둔자와 진배없었다. 온 세상이 잿빛이었다고 할까.

　그런 상황에서 창문을 통해 마주한 풍경은 경이로웠다. 지인으로부터 얻어 심은 화분 하나에서 처연히 세상을 향해 솟아 나오다니. 기나긴 북풍한설을 뚫고 찬 기운을 털며 내 앞에 모습을 보이기까지 고난의 행군인들 오죽했으랴. 그나마 그런 내색은 조금도 내비치지 않고 봄이 멀지 않음을 밝혀 주고 있다.

　우러러본다. 잿빛 구름이 창공을 가려 우중충하다. 아직도 바람은 드세지만 마음만은 안온하다. 한 송이 수선화가 내 가슴에 도사려서일까.

　다시 한번 봄의 전령을 들여다본다.

개미와의 줄다리기

2013년 여름은 무더웠다. 본격적인 여름으로 들어서자 찜통더위에다 열대야, 그리고 가뭄까지 겹쳐 화단 흙에 물기라고는 찾아볼수 없을 정도로 바싹 말랐다. 정원수들은 너도나도 목이 마르다 아우성이다.

물을 주기 시작했다. 줄기차게 물을 뿌리는 도중 대나무에 웬 움직임이 포착됐다. 개미들이었다. '녀석들이 왜 여기 있지.' 고개를 갸웃거리며 들여다보자 마디마디에 깍지벌레들이 똬리를 틀고 있지 않은가. 녀석들은 진딧물과 마찬가지로 깍지벌레와도 공생관계여서 대나무의 이곳저곳으로 퍼뜨리는 데 기여한 것이다. 높은 데까지도 수고를 아끼지 않는다.

오랜 세월 고락을 함께하던 대나무에 깍지벌레라니. 거의 일 년동안 숨어들어 꼼지락대며 양분을 빼어 먹은 결과 그을음병이 발생, 여기저기 자국이 거무스름해 상처투성이다. 새순에서 움터 피어나는 대나무는 연초록을 뽐내며 하늘거리는데, 기존 대나무의 잎은 허옇게 마르고 있다. 대나무의 고초를 알 만하다.

이럴 수가. 지금에야 대나무의 수난이 눈에 들어오다니. 물을 준답시고 매일 설쳐댔는데도 여태 몰랐으니. 자성의 시간을 갖고 있는데 대나무에서 '제발 우리를 베어주시오.' 하는 외침이 들리는 듯하다. 밑둥치에서 새순이 무럭무럭 솟아나 우리를 대신할 만하니 그만 이 세상을 등지고 싶다는 하소연 같다. 깍지벌레의 고혈 짜기에 넌더리가 나기도 했겠지만 후손을 위해 희생하려는 의지가 엿보여 마음이 숙연하다.

연초록을 뽐내는 대나무를 다치지 않게 해야 한다는 과제가 떠나질 않았다. 깍지벌레들이 덕지덕지 달라붙은 기존의 대나무들을 과감하게 베어내 마당 한구석에서 태웠다. 벌레가 타는 냄새는 고약하기 이를 데 없었지만, 그 녀석들이 조금이나마 사라지고 있다는 생각에 마음이 안온했다.

대나무들은 한줌의 재로 변했다. 깍지벌레들도 그들과 운명을 함께 했지만 남김없이 퇴치했다고 장담할 수는 없다. 어딘가 숨어 있어 기회를 엿보고 있겠다. 개미들은 대나무로 옮겨오는 데 결정적 역할을 다할 것이고 나와의 싸움은 피할 수 없을 것이다.

아니나 다를까. 그로부터 몇 주일이 지난 어느 날, 대나무에 개미들이 들락거림이 있어 대나무를 찬찬히 살펴보니, 마디 곳곳에서 깍지벌레가 들어 있는 하얀 덩이를 찾아낼 수 있었다.

얄미웠다. 깍지벌레보다 매개역할을 하는 개미들이 더 미웠다. 대나무에 줄기차게 물을 뿌리자 물보라가 인다. 하얀 분비물을 뒤집어쓴 깍지벌레들이 순식간에 떨어져 나간다. 잎사귀에 가려 모습을 드러내지 않던 개미들도 황급하게 줄줄이 긴 행렬을 이루며 대나무 줄기를 타고 아래로 숨어든다.

하얀 자국을 지우기가 쉽지 않다. 그 자국 속에 깍지벌레가 잔존하고 있을 것이다. 살아남으려는 근성, 그게 얼마나 질긴 것인가를 알고도 남겠다. 내일이면 개미들이 또다시 깍지벌레들을 옮겨와 새 둥지를 마련하려고 허둥댈 게 뻔하다.

개미와의 싸움이 시작됐다. 아침에 정원에 물을 줄 때마다 대나무 줄기며 잎사귀에 물을 뿌려댔다. 강력한 물세례를 퍼부은 것이다. 남은 깍지벌레들을 날려 버리는 데도 도움이 됐지만 개미들이 파워 넘치는 물세례에 견디지 못하고 줄줄이 내려온다. 겁에 질려 다시는 올라오지 못하리라 여기며.

하지만 개미들의 근성은 내 예상을 뛰어넘었다. 설마 오늘은 올라오지 않겠지 하며 물을 뿌리다 주시하다 보면 새카맣게 긴 꼬리를 이으며 내려오는 개미들. 그들의 집념은 두세 달이 지났어도 여전했다.

개미와의 사투를 벌인 지 꽤 됐다. 10월로 들어서자 하루가 다르게 날씨가 기울어지더니 대나무에서 개미들 모습이 사라진 것이다. 마당에는 개미들이 간간이 다니는 게 보였지만 대나무에는 그 행렬을 찾아볼 수 없었다. 회심의 미소가 절로 일었다. 녀석들이 나와의 싸움에 질린 것이라고.

그게 아니었다. 그 후 날씨가 풀리자 마당을 맴도는 개미들이 눈에 띄게 많아졌고 내 눈길은 대나무로 향할 수밖에. 그곳에 개미들이 나를 향해 '용용 죽겠지.' 하듯 설쳐대고 있지 않은가.

그제야 감이 왔다. 대나무에 개미들이 얼마 동안 보이지 않았던 것은 내 집념에 굴복한 게 아니고, 순전히 날씨가 기울어진 탓이라는 사실이다. 개미들은 본능적으로 움직이고 있어서 내가 하지 못하도록 방해 공작을 편다고 하더라도 개미 나름대로 본성에 따라 움직일 뿐이라는 사실을 깨달은 것이다.

이제 개미와의 줄다리기는 끝이 났다. 갑자기 날씨가 추워지자 개미들 움직임이 눈에 띄게 줄어들고 더 이상 대나무에도 나타나지 않았다. 아마 내년을 기약하며 지금 동면을 준비하고 있을 것이다.

겨울이라는 계절이 있어서 한시름 놓았다. 달에 위상 변화가 있듯이 계절은 돌고 돌기에 한숨 돌리고 내년을 준비할 수 있겠다.

벌써 내년이 기다려진다. 펄벅의 '대지'에 나오는 메뚜기 떼처럼 대나무를 지키기 위한 인간과 곤충, 개미와의 줄다리기는 언제까지 이어질 것인지. 서로 교감하며 살아갈 수는 없는 일일까.

내 몸속 이물질

손주가 가지고 놀던 풍선이 거실에 뒹군다. 진열장에 정돈하려다 말고 매만져 본다. 손가락으로 전해 오는 감촉이 보드라우면서도 팽팽하다.

그 풍선 한 면을 쿡 눌러 본다. 팽팽한 부분이 움푹 패여 짱구 형상이다. 더욱 눈길을 끄는 건 함몰한 만큼 또 다른 면으로 튀어나온다는 것이다. 역동적인 사실에 흥미가 배가돼 어린애처럼 이리저리 주물럭대자 그만 화가 났나. '빵' 하는 소리와 함께 풍선이 산산조각 나 산지사방으로 흩어진다. 갑작스러운 굉음에 고막이 얼얼하다.

어째서 산산조각이 났을까? 스스로 긴장도를 유지하려고 애를 썼겠지만 연속적인 자극이 탈로 발전, 팽팽한 내부 압력을 견뎌내기 못하고 그만 폭발하고 만 것이다.

풍선만이 그런 성깔을 품을까. 그렇지 않다. 풍선이 당한 것과 똑같은 자극에 놓이면 사람을 비롯한 여타 생물들도 그런 상황에 놓일 수 있지 않을까.

스트레칭에 매달리는 게 일상이 된 나다. 허리 디스크에 찌든 몸을 일으켜 세우려면 어쩔 수 없는 선택이다. 아침저녁으로 스트레칭을 꼬박꼬박 하는 중에 욕심이 과했나. 남들 하는 스트레칭을 넘보며 보다 나은 테크닉을 모색하다 사고로 이어졌던 것이다.

허리 구부리기 스트레칭이다. 다리를 뻗고 앉아 허리를 구부려 손으로 발목을 붙잡고 이마를 무릎 가까이 가져가는 테크닉. 이걸 시작한 지 10년이 넘지만 최근 들어 내가 잘못하고 있다는 걸 알게 됐다.

문제는 허리를 구부리는 데 있었다. 그것은 효과가 별로이기도 하려니와 더 나쁜 결과로 이어질 수 있다는 평가절하다. 그 충고에 따라 허리를 꼿꼿하게 추스른 채 이마를 무릎 쪽으로 대려 하자 복부가 빳빳해져 뱃심과 허리가 강화되는 느낌. '왜 여태 이런 운동을 몰랐을까.' 제대로 운동하지 못했다고 한탄하며 틈나는 대로 그 스트레칭에 정진했다.

며칠 후, 길을 걸어가는데 느닷없이 아랫배에 통증이 왔다. 가탈없이 하복부가 무슨 끈 같은 거로 잡아당기는 바람에 몸을 꼼짝할 수가 없다. 더럭 겁이 났다. 전립선 수술한 게 잘못됐나, 요도에 탈이 났을까 걱정하다 길가에 퍼질러 앉아 잠시 쉬어야 겨우 진정시킬 수 있었다. 그 후에도 종종 그런 증상에 시달렸다.

어느 날, 샤워 도중 기겁하고 만다. 비누칠하고 몸 곳곳을 매만지다 오른쪽 아랫배에 뭔가 봉긋이 솟아오른 게 감촉된 것이다. 눈에서 불똥이 튀는 걸 진정시키며 확인에 확인을 거듭한다. 탈장이다.

세상이 노래지는 걸 어이하랴. 탈장은 나와는 아무런 상관이 없다고 여겨왔는데 나를 칭칭 감아오다니. 왜 이런 일이 벌어졌는지를 유추하다가 허리 구부리기 스트레칭이 지목된 것이다.

허리 구부리기 스트레칭이 내 항상성에 펑크를 내다니.

항상성이란 무엇인가? 사람을 비롯한 모든 생물체는 추위나 더위 같은 외부 환경에 잘 반응해야 건강을 영위할 수 있다. 밖의 기온 변화가 들쑥날쑥해도, 감기에 걸려도 사람의 체온은 항상 일정 온도를 유지해야 한다. 이와 같이 외부 자극에 대해 내부 환경을 일정하게 유지하려는 성향이 항상성이다.

내부 환경을 일정 수준으로 유지하는 건 그리 쉽지 않다. 병마에 찌든 사람들로 넘쳐나는 세상이다. 항상성이 헝클어진 결과다. 내 아랫배의 탈장도 그래서 생긴 결과라고 할 수 있다.

모든 일에는 장단점이 따른다. 허리 구부리기 스트레칭은 허리를 굳건히 하는 데는 일조했지만 내 복부에 엄청난 압력을 유발했다. 너무나 강력했기에 견디다 못한 나머지 창자의 일부가 짱구 풍선처럼 복부의 약한 곳을 비집고 밖을 향해 비죽이 솟아오른 것이다. 그것도 그 상태를 그런대로 유지하면 좀 좋으랴만 날이 갈수록 점점 더 커지니 걱정이다. 오래 방치하면 복부가 범벅 상태로 돌변할 수 있다는 의사의 설명에 그대로 내버려 둘 수도 없었다.

내 몸을 외과 의사에게 맡겼다. 배 가르는 일을 당해 본 적이 없는 나로서는 수술실에 들어서자 비장함이 서렸다. 수술 준비 중인 인턴에게 사고 터진 곳에 댈 플라스틱 망사를 보여 달라고 했다.

그것은 옅은 옥색을 띤 것으로 칸칸이 성겼다. 가로 8센티, 세로 5센티인 플라스틱 재질이다. 이건 이물질이 아닌가. 나를 보호한답시고 내 뱃속에 그게 자리 잡는다고 생각하니 만감이 교차했다.

수술은 척수마취로 시작됐다. 하체가 나무토막처럼 딱딱해져 감각은 없으나 의식은 또렷했다. 하복부를 세로로 가르고 플라스틱 망사를 복벽 안쪽에 댄 것이다. 두 시간여 만에 이물질이 내 몸 안에 들어앉았으니 이 무슨 조화인가. 내 몸을 보호해 주기보다 오히려 분란을 초래할 수도 있지 않을까.

마취가 풀리면서 진통이 왔다. 진통제를 복용하고 있지만 복막에 매달린 망사가 흔들거려 옆 고환을 건드리는지 몸을 함부로 움직일 수가 없다. 음낭은 성가신지 부어올라 팅팅하다.

진통이 심했다. 의사는 탈장 수술 후 처음에는 그런 고통에 시달릴 수 있다고 말한다. 두어 달이 지나가면 섬유질이 그 망사를 둘러싸 안정적이고 부드럽게 복막을 보호한다고 나를 안심시킨다.

21세기는 인공 보조물이 풍미하는 세상이다. 인공치아는 인공수정체 인공 무릎관절과 더불어 인류의 결손 부분을 메우며 삶의 질을 높이고 있다. 이제 그런 보조물들이 성형에 활용되는 추세다.

앞으로 이물질이 어떻게 진화를 거듭해 인류의 삶을 어디까지 도울 것인지 가늠하기가 쉽지 않다. 내 몸속에 들어앉은 플라스틱 망사도 나와 공존하며 찰떡궁합이 돼 살아가야 할 숙제를 안겨 줬다.

돌이 되리

유년 시절, 나는 심부름한다며 동네 여러 곳을 돌아다녔다. 시골에서 어머니가 상점을 운영하다 보니 인정상 외상이 밀리기 마련. 그걸 받으러 다니다가 일이 불거진 것이다.

한밤중 어스름한 비탈길을 바삐 걷다 보면, 돌부리에 걸려 넘어지기도 했다. 손목과 무릎의 살점이 떨어져 나가는 아픔 앞에, 돌부리를 패 주고 싶은 마음이 굴뚝같았다. 씨근대며 집에 돌아와서도 다쳤다는 얘기를 입 밖에 내지 못했다.

사건은 잇따라 터졌다. 학교에서 아이들과 돌담을 쌓고 있었다. 돌을 올려놓고 돌담을 쌓는 순간, 친구가 내 손 위로 돌을 던지듯 놓아 버린 것. 돌에 눌려 손가락이 찢겨나가 피가 솟구쳤다. 통증은 갈수록 심하고 공포가 일렁였다. 누가 쑥을 뜯어다 비벼 상처를 감싸 줬다. 점차 아픔이 수그러드는 감이 들었다. 지금도 그 새끼손가락의 흉터는 트라우마로 남아 있다.

그 시절, 돌은 공포의 대상이었다. 땅바닥에 박힌 돌멩이는 '자기를 건드리기만 해봐라.' 하는 형세로 다가왔고, 경계를 그어대는 울담이며 밭담이 언제 무너질지 모른다고 걱정하기 일쑤였다. 소심

함이 지나쳤다고 할까.

그래서인가, 내가 자란 고향마을은 돌투성이였다. 집에서 남쪽으로 십여 분을 걸어 올라가면 가파른 언덕배기가 나타난다. 그곳에 사면 따라 자리 잡은 암반이 수천 평에 이르고 책상의 두세 배인 암석들이 비죽비죽 솟은 사이로 수목들이 자라서 예부터 수덕이라 불렸다. 수목이 울창한 언덕이란 뜻이리라.

수덕은 그리 높지는 않았지만 이동이 힘들었다. 암석들이 가파르게 가로 놓인 그곳에서 아이들이 놀기를 좋아했다. 숨을 데가 많아 술래잡기에 안성맞춤이었다. 쫓고 쫓기다 보면 다치는 경우가 빈발했다. 어른들은 서먹는 곳이라며 거기서 놀지 말라고 당부하지만 그 말을 귀담아듣는 아이는 드물었다.

지금은 그곳에 들어찼던 암석들이 다 사라졌다. 엄청난 암석들이 어디로 자리를 옮긴 것일까.

칼 호텔이다. 신축한 지 45년. 그 당시 제주에 19층이나 되는 건물이 없었기에 도민들 관심이 지대했다. 수덕 돌들이 호텔 짓는 데 활용된 것이다. 돌이 치밀하고 단단해서 건축 재료로 안성맞춤이었나 보다.

그래서인가, 칼 호텔이 정겹게 다가왔다. 고향 돌들이 어디에 쓰였나 살피게 되고 고향 산천을 옮겨온 기분이 들었다. 최고층인 전망대에 올라 제주 시내를 굽어보는 감회가 유별했다.

유년 시절의 내게 모진 상처를 입히고 아무짝에도 쓸모없다고 여겨온 돌, 마구 굴러다니며 사람 발길에 차이기 십상인 녀석들이 아닌가. 그게 칼 호텔 신축에 쓰이자 생각을 달리 먹게 됐다. 돌은 억겁의 세월, 화산활동과 퇴적 그리고 변성작용을 거치며 갖가지 생성 역사를 지니고 있다는 데 생각이 미쳤다.

돌에 대한 울림이 운명적으로 다가온 것은 지금 거처하고 있는 집을 신축할 때였다. 하잘것없는 잡석이 끼어 있음을 본 것이다. 처음에는 물자를 아끼기 위한 배려라고 여겼지만 그게 아니었다. 잡석을 섞어 넣어야만 건물이 더 단단해진다는 게 아닌가.

그때부터 돌에 대한 인식이 달라졌다. 문명사회를 대표하는 빌딩을 신축하는 데 그게 기여하고 있다니. 돌에 대한 편견이 깨지는 순간이었고, 돌의 중요성을 다시 한번 되돌아보는 계기가 됐다.

이제 석양을 향해 걸음을 재촉하는 상황으로 내몰렸다. 인생무상이라는 염이 마음속을 맴돌고 사후 세계를 고민하게 한다. 그렇다고 천당과 지옥을 염두에 둔 적이 없다. 다만 윤회 사상이 슬금슬금 고개를 내민다고 할까.

그러나 인간으로의 재탄생은 꿈도 꾸지 않는다. 소나무나 나비로의 회귀도 바라지 않는다. 한 줌의 재가 흙과 버무려져 다져지고 다져져서 돌덩이로 변신할 수 있다면 더 바랄 게 없겠다. 그게 서울 광화문의 주춧돌로 쓰일 수 있다면 그런 광영이 어디 있으랴.

무척 짓눌리겠지. '아이고' 소리가 절로 날 것이다. 그래도 참아내야 한다. 우선 일용할 양식이 필요하지 않아서 좋다. 비와 바람만 스쳐 지난다면 안분지족이 되고도 남겠다. 생존경쟁과 자연도태와도 무관하다. 그러면서도 사람들이 살아가는 모습을 눈여겨볼 수 있어 됐다.

먼 미래에는 과학기술의 진보에 눈이 부시겠지. 이동 속도가 순간에 이르며 청정에너지가 날개를 달고 세상을 정화해 나갈 것이다. 사람들은 신천지를 찾아 우주로 삶의 영역을 넓혀 나가리라.

그때도 정치 상황은 지금과 매한가지일까. 모든 권력이 한곳으로 집중돼 한 개인의 의사가 마치 올바른 것처럼 횡행하는 행태가 재현되지 않을까, 두고 볼 일이다. 그때의 종교는 지금과 얼마나 달라져 있을까. 물질 만능사상이 팽배하여 빈부의 격차가 극에 이르며 인간과 기계와의 주도권 쟁탈전이 치열할 것이다. 그 갈등을 해결할 성인이 나타나 인류를 구원하는 길이 열렸으면 한다.

무심의 세계로 들어서고 싶다. 돌은 내게 상처를 안겼지만 복잡한 한 생을 마감하는 그날이 오면, 모든 것 훨훨 털고 내면으로만 받아들이는 돌이 되리.

말에게 눈총을 받다

태고의 신비를 간직한 오름에 적요를 깨우는 자들이 있다. 굼부리를 넘어 창공으로 퍼져나가는 '하하 호호' 하는 웃음소리. 하늘과 땅이 호응하는지 가을 햇살이 따사롭다. 주위 오름들마저 봉긋봉긋 키 재기하며 우리 놀이를 훔쳐보는 듯싶다.

웃음이 지나쳤나. 누군가 "말, 말" 하는 소리에 하던 게임을 멈추고 사방을 둘러보니 이게 웬일인가. 오름 들판에 흩어졌던 말들이 모두 고개 들고 우리의 행동거지를 지켜보고 있지 않은가. 무슨 짓거리냐는 눈초리다.

이럴 수도 있을까. 귀를 쫑긋 세우고 코를 벌름거리며 우리를 주시하는 눈빛이 형형하다. 부지런을 떨며 풀을 뜯고 뜀박질하거나 낮잠을 즐기던 말들이 약속이라도 한 듯이 하는 일을 멈추고 우리 쪽으로 눈총을 보내고 있다.

그럴 수도 있겠다. 바람도 가지에서 맴돌고 구름도 봉우리에 걸려 쉬어 가는 적막강산이 오름에 웬 소란이냐는 힐난이겠지. 여차하면 날려들 기세다. 말들의 형세에 압도돼 내 마음이 다 오므라들겠다.

어느새 선달이 뛰어나가 두 손 모아 머리를 조아린다. 그 동작 하나하나가 부처님을 대하듯 진중하다. 말귀를 알아들었는지 말들이 시선을 돌리는가 싶더니 하던 일에 몰두하는 게 아닌가. 그의 성심이 녀석들에게 통한 것이다. 놀랍다.

은퇴는 인생의 종착지인가, 새로운 출발을 이름인가. 그것은 마음먹기에 달린 일. 나는 짊어졌던 학교라는 짐을 부려놓자 시원하기 이를 데 없었다. '살판났다'는 심정으로 늘어지게 잠만 잤다. 며칠이 지나가자 무료함과 울적함을 달랠 길이 없었다. 눈감으면 벗들 생각뿐. 그러다가 뜻을 같이하는 고등학교 동창들이 모여 일을 낸 것이다. 그게 오름 등반의 시초였다.

첫 출범은 단출했다. 고작 몇뿐이어서 바리메를 오르는 심정은 착잡할 수밖에 없었다. 정상에 올라 '흘러간 옛 노래'를 불러도 흥이 일지 않는다. 살아갈 앞날이 안개 속이어서 석양으로 눈길이 모아졌다. 보다 못한 마누라들이 거들고 나선 것이다. 그때부터 세가 불더니 활기가 넘쳤다. 처음에는 남편을 위한 배려였지만, 막상 오름을 올라 보니 그녀들의 심안을 뒤흔드는 게 있었다. 심봉사가 딸을 만난 순간 눈이 확 뜨이듯이 집안에서 물 만지며 시시콜콜 생활하던 그녀들에게 제주 오름은 거의 환상적이었을 테다.

일주일마다 바뀌는 행선지. 오늘은 돗오름이다. 송당을 지나 세화 쪽으로 가다 보면 돼지 형상의 오름이 버텨 섰다. 햇볕이 잘 들어 가을 산행으로 그만이다.

오름에는 골격을 이루는 능선이 있다. 그것을 따라 발걸음을 뗀다. 가파르다. 기슭에는 키 큰 삼나무며 소나무, 비자나무들이 우뚝우뚝 서 있어 나뭇가지들을 손잡으며 올라간다. 중턱을 조금 벗어나자 초원이 펼쳐진다. 이질풀과 산박하, 섬잔대 같은 가을 들꽃들이 지천으로 피어 있다. 그 들꽃들을 감상하며 오르다 보니 한결 수월하다.

어느새 정상에 다다랐다. 맑고 시원한 공기가 달아오른 내 안면을 후리며 지난다. 상큼하다. 가슴이 탁 트인다. 얼마나 많은 땀을 쏟은 결과인가. 이 자리에 오르기까지는 서로를 다독이며 이끌어 준 결과이리라.

나는 오름 아래 펼쳐진 풍광에서 눈을 뗄 수가 없다. 수많은 오름이 한라산을 중심으로 도열하고 있다. 그중 동쪽에 위치한 다랑쉬오름이 눈에 들어온다. 그 웅자가 거대하다. 그 너머로 지미봉과 우도봉도 가물거린다. 서쪽으로 드넓은 송당 벌판이 펼쳐진다. 바라보기만 해도 가슴이 후련하다. 서북쪽으로 여인이 알몸으로 누워 있다. 그 곡선이 부드럽다. 그래, 김영갑이 그토록 사랑한 용눈이오름인가 보다. 서북으로 한라산 동북 사면을 타고 발원한 기생화산들의 태생이 신비롭기만 하다.

오름 안은 원형에 가까운 굼부리다. 내가 내려다본 그곳은 아가리를 벌린 형국이랄까. 지면은 평퍼짐하고 그리 깊지 않아 말들이 풀을 뜯으며 뛰놀기에 안성맞춤이다. 대충 서른 마리는 되겠다. 동북쪽으로 비자림이 오름을 감싸고 있다. 바람에 나뭇가지들이 살랑대는 모양새가 파도처럼 굽이쳐서 숲의 바다를 연상케 한다.

봉우리를 한 바퀴 돌아서 굼부리 안으로 들어갔다. 햇볕 잘 드는 외진 곳에 열이 넘는 벗들이 자리를 잡았다. 잔에 복분자주를 채우고 앞장인 김립이 "희수까지" 하고 선창하자 모두들 "곤짝" 하며 건배한다. 오름 등반을 희수까지 이어나가자는 다짐이다. 인생 여정에 많은 변수가 있겠지만 희수를 넘어 오래도록 벗들과 산천을 유람할 수 있다면 얼마나 좋으랴.

벗들을 살펴본다. 희끗희끗한 머리칼이며 눈가 잔주름이 살아온 날들을 말해 준다. 어느새 고희다. 돌이켜보면 우리 모두 열심히 달려왔다. 이제 여유를 가지고 인생을 즐기며 살아가야 할 때가 되지 않았을까. 짐을 벗어 던지고 그렇게 하련다. 접하기 어려운 검도며 "버드, 버드, 불루 버드"로 시작하는 선달의 웃음 보따리, 햇살 주도 아래 가요 부르기, 회원들을 포복절도하게 하는 게임들.

오늘도 그랬다. 3-6-9게임을 할 때다. 게임이 두어 순번을 넘어가자 헷갈리기도 했겠지. 멍하니 딴생각에 잠겼다가 내 차례가 오자 당황해 부르지 말아야 할 번호를 '23' 하고 만다. 와 하고 웃음이 터지더니 한 차례가 끝났다. 부끄럽다. 머리를 매만지며 "허 참" 하고 배를 부여잡고 한참 웃었다. 그 웃음이 지나쳐 말들의 눈총을 받은 것이다.

이제 하산할 시간이다. 해는 뉘엿뉘엿 서산마루에 걸리고 지평선 상에는 저녁노을이 곱게 물들었다. 황혼의 찬란함을 음미하며 하산하는 벗들의 면면에는 환희가 넘친다.

황혼에 벗의 소중함을 되새긴다.

안양천 맹꽁이

청담동 딸네 집을 다녀오는 길이다.

온수역을 유턴해 구일역에 내려 창밖을 내다보니 어느새 어둠이 짙게 깔려 있다. '벌써 밤이네.' 중얼거리며 계단을 내려오는데 갑자기 맹꽁이의 울음소리가 들리질 않는가. 순간 어리둥절해서 하는 자신을 바라봤다.

어찌 된 일인가. 서울은 콘크리트 벽과 사람들로 넘치고 있어 양서류가 발붙일 공간이 없다고 여겨 왔는데 분명 맹꽁이의 울음소리라니. 계단에서 그 소리를 음미하며 '맹꽁이 소리가 요란한 서울'을 그리다 보니 가슴이 두 방망이질 친다.

맹꽁이의 울음소리는 내게 어린 시절을 회상케 했다. 여름철, 비가 오면 고향 '모아니' 냇가에는 냇물이 불어나 교실 크기의 물웅덩이가 마련된다. 그곳에 개구쟁이들이 모여들어 물장구치며 뛰놀던 추억이 새롭다. 개구리와 맹꽁이가 출몰하면 그걸 잡느라 아이들이 법석을 떨다가 어른들에게 심한 꾸중을 듣기도 했다.

맹꽁이는 척추동물 중에서 양서류에 속한다. 몸길이가 5cm에 불과해 뭉툭한 몸매를 지닌다. 몸이 황청색이고 발에 물갈퀴가 없어서인지 물가 인적이 드문 후미진 곳에 살기를 좋아한다. 시골 냄새가 물씬 풍기는 정겨운 녀석이다. 맹꽁이 소리가 들린다는 것은 공장지대였던 이곳이 예전과 달리 생태환경이 쾌적해졌음을 반증하고 있는 게 아닐까 싶다.

다음 날, 먼동이 트는 시각에 안양천을 산책했다. 안양천은 길이가 34㎞나 되는 도시하천이다. 삼성산과 백운산, 그리고 군포시에서 흘러나온 지류가 안양시 석수동에서 합류하여 한강으로 모여든다. 옛날에는 '한내'로 불렸으나 지금은 삼성산의 안양사에서 발원한다 하여 '안양천'이라는 이름으로 불리고 있다.

안양천의 소중함은 도시를 관통하는 데 있다. 세계 4대 문명의 발상지가 물가였다는 사실은 사람이 살아가는 데 물이 필수적임을 일깨워준다. 특히 안양천의 물길이 군포와 안양, 광명과 서울을 지나고 있으니 예부터 이 하천이 사람들의 생활에 얼마나 기여했는가를 가히 짐작하고도 남는 일이다.

50년 전만 해도 안양천은 죽음의 하천이었다. 산업화·도시화가 진행되면서 안양천에는 물고기가 전혀 살 수 없는 환경이 돼버렸다. 80년대, 하수관을 설치하고 그 오·폐수를 하수종말처리장에서 정화해 내보내면서 사정은 달라졌다. 물이 맑아지기 시작했고 물고기들이 뛰노는 하천으로 거듭나게 된 것이다.

그렇다면 안양천은 치수의 본보기라 할 수 있을 것이다. 저수로에는 맑은 물이 쉼 없이 흐르고 오리와 왜가리들이 물고기들과 숨바꼭질하느라 정신이 없다. 저수로와 제방 사이에 있는 고수부지에는 갈대가 우점종을 이루며 드넓은 지역을 점유하고 있다. 제방의 높이는 상 하류에 따라 다르겠지만 대략 7~8m 정도이며 제방 벽에는 여러 가지 덩굴식물이 얽혀서 제방을 튼튼하게 다져주고 있다. 지난여름에 태풍이 한반도를 덮치면서 양천구의 제방을 무너뜨려 마을이 침수되는 걸 목격했다. 물이 얼마나 무서운 것인가를 일깨워주는 계기가 됐다.

맹꽁이는 어디에 있을까. 어젯밤 구일역 계단에서 맹꽁이의 울음을 들을 수 있어서 계단 밑을 유심히 살펴봤다. 그곳은 환삼덩굴로 밀집돼 맹꽁이들이 살기에 더없이 좋은 장소이나 어젯밤의 환상적인 울음을 들을 수 없다. 아마 사람의 발자국이 요란하여지자 어디론가 숨었다가 사람들의 발길이 뜸할 즈음에 나타나 서로 경쟁적으로 울어대나 보다.

나는 북쪽 안양천 하류로 발걸음을 떼었다. 갈대가 내 키를 넘기는 조깅로를 지난다. 갑자기 맹꽁이의 울음소리가 아스라이 들려온다. 살금살금 발자국을 떼며 맹꽁이의 울음이 들리는 곳으로 접근한다. 점점 그 소리가 가까워진다. '맹꽁맹꽁' 울어대는 곳은 갈대가 꽉 들어찬 지점이어서 맹꽁이를 가까이서 볼 수 없다. 직접 대면하는 것을 포기한 채 길바닥에 퍼져 앉아 그 소리를 음미하기에 바쁘다.

맹꽁이의 울음소리를 서울에서 접할 수 있다는 것. 얼마나 행운인가. 그 울음소리는 태초의 소리와도 같다. 개구리의 개골개골하는 소리는 비가 오기 직전에 우는 소리여서 뭔가 다급한 감이 감돌기도 하지만 맹꽁이 울음소리에는 고향 냄새가 짙게 배어 있고 포근한 감을 준다. 태양은 어느새 동쪽 하늘에 치솟아 올라 대지에 새 생명을 불어넣고 있다. 사람들의 발길이 잦아지자 그 울음소리를 접나 보다. 더 이상 맹꽁이의 울음소리를 들을 수 없다.

여름으로 들어서는 길목에 태풍이 들이닥쳤다. 강원도 동해안 지방이 큰 피해를 보았다. 이곳 안양천에도 물이 저수로를 차고 고수부지를 덮쳐 시설물들이 모두 물속에 잠겨버렸다. 물이 고수부지에 서식하는 식생을 몽땅 삼킨 것을 보면서 맹꽁이들에 대한 걱정이 앞선다. 그들이 무사히 홍수를 피했는지 궁금하다. 물이 빠지고 나자 나는 저녁마다 안양천을 산책하며 그 소리를 기다렸지만 종무소식이다.

가을이 가고 겨울의 길목에 섰다. 안양천 뚝 길에 늘어선 벚나무며 은행나무, 고수부지와 제방에 있는 갈대와 환삼덩굴들도 모두 옷을 벗은 채 칼바람에 몸을 마구 흔들어대고 있다.

지하철을 내려오면서 맹꽁이 울음소리가 들리는지 귀를 쫑긋해 본다. 벌써 동면에 들었는지 그 소리를 들을 수 없다. 서운하다. 새싹이 움트는 봄이 돌아오면 이곳에서도 그 구성진 소리를 들을 수 있지 않을까.

그날을 기다리며 오늘도 안양천 변을 걷는다.

역사의 아이러니

중국대륙을 밟을 기회를 잡았다. 서안과 장가계를 둘러본 것이다.

장가계는 자연이 빚은 걸작품이었다. 수억 년의 세월에 침융을 거듭하며 다듬어낸 오묘함. 산정에 자리한 호수며 갖가지 형상으로 다가오는 산봉우리의 위용, 석순이 무수히 펼쳐지는 동굴에 탄성이 절로 났다. 가히 장량이 군침 흘리며 숨어들 만한 곳다웠다.

하지만 서안에 맘이 더 머문다. 기쁨과 슬픔, 희망과 좌절 같은 삶의 애환이 묻어 있어서다. 그곳은 수 세기에 걸친 수도여서 역사 유물로 그득하나 그중에도 유독 최근 발굴된 진시황 유적에 관심이 간다.

진시황은 영원을 추구했다. 중국을 통일한 그는 아방궁을 짓고 길이길이 영화를 꿈꾼다. 영산에 불로초가 자생한다는 말에 솔깃한 나머지 당장 불로초를 캐어오도록 서불에게 명하나, 서불은 서귀포 정방폭포에 '서불과지'라는 자취를 남기고 일본으로 건너가 그 굴레를 벗어나고 만다.

분서갱유도 영원을 향한 노림수. 법가를 숭상한 진시황은 유가에 관한 책을 죄다 불태운다. 책을 탐독해서 그 진가를 아는 그가 오히려 불구덩이 속에 책을 처넣었으니, 그런 아이러니가 어디 있을까. 백성 중에 자신을 뛰어넘어 혹여 옥좌를 넘보는 자가 있을까 저어하다 그 과정에서 잘못 튀어나온 발상인 성싶다.

병마총. 진시황이 영원을 갈구하며 심혈을 기울인 걸작이다. 불로초를 얻지 못한 그는 죽은 뒤 자신의 안위를 경호할 공정에 들어간다. 그 과정에 백성들이 흘린 피와 눈물, 땀은 강을 이루었으리라.

그래서일까. 진시황에 대한 후세의 평가는 심히 부정적이다. 물론 그 뒤를 이은 한나라가 역사를 왜곡하기도 했겠지만, 네로나 연산군보다 더 높은 반열의 폭군으로 묘사돼 왔다.

그런 진시황의 이미지를 반전시킨 건 병마총이랄 수 있다. 진실로 역사의 허와 실을 만나게 된다. 세계는 병마총이 깨어나길 숨죽여 기다렸다. 정교하면서도 웅장하며 유례를 찾기 힘든 독창성에 사람들은 벌린 입을 다물지 못하고 그를 찬미하기에 바빴다.

가이드의 찬사가 놀랍다. 병마총을 남긴 진시황. 그 후손들은 그를 신적인 존재로 추앙한단다. 자기는 오늘도 그 유산 덕분에 밥을 먹고 있으며 앞으로도 그의 은총에 기댈 사람들이 줄을 잇고 있다는 거다. 위대한 영웅이란 칭호를 붙이기에 주저함이 없다.

비로소 진시황은 한을 풀었다. 살아생전 이루지 못한 꿈을 병마총이 지펴 준 것이다. 길이 후손에 물려줄 문화유산으로서 영원성을 갖추게 됐으니.

귀국 길, 역사의 아이러니에 헛웃음이 났다.

영원을 향한 대나무의 몸짓

안마당으로 들여온 대나무 분재 하나. 30년이 넘는다. 초록빛을 띠고 있어 내 마음을 안온하게 한다. 형이야 아우야 하며 사이좋게 살랑대는 모습이 보기에 좋다.

몇 년 전, 대나무가 생사의 갈림길에 섰다. 봄의 문턱, 대나무 분재에 물을 주는 데 개미들이 줄기를 부산하게 오르내리는 게 보인다. 웬일인가 하여 찬찬히 들여다보니 줄기와 잎자루가 교차하는 부근에 우윳빛을 띤 콩알보다 작은 뭉치들이 곳곳에 진치고 있다.

'무슨 뭉치지.' 하다 기겁한다. 그 속에 별깍지벌레들이 서너 마리씩 숨어 있지 않은가. 잎들은 누렇게 바래 활력을 잃었는지 바람 따라 너덜댄다.

더욱 나를 가슴 아리게 하는 건 대나무의 생사다. 잎과 더불어 줄기마저 앙상하다. 원래대로 되살리기엔 이미 물 건넌 형국이다. 매일 물을 주며 돌본다고 했건만 이 지경에 이르렀으니 어찌하랴.

어떻게 할 건가? 망연자실 대나무를 바라보다 시선이 밑동으로 쏠린다. 죽순 대여섯 개가 기존의 대나무들을 비집고 비죽이 고개를 내밀고 있지 않은가. 녀석들이 새로이 돋아나다니. 반가움에 눈시울이 붉어진다.

그때 한 줄기 바람이 스친다. 대나무 가지들이 바람에 흔들리며 내게 애원의 몸짓을 해댄다. "이 죽순들로"

바람이 거세게 인다. 대나무들의 몸부림도 더욱 거칠어진다. 그들의 흔들림이 어떤 의미를 담고 있는지 알 만하다. 새로 움튼 죽순들을 잘 키워달라는 메시지가 대나무들의 몸부림을 타고 전해 온다.

결단이 필요하다. 새로 돋아나는 대나무를 보호해야 한다는 의무감이 앞선다. 앙상한 대나무들을 전정가위로 잘라내고 찬찬히 살펴본다. 별깍지벌레들이 가지와 잎자루의 교차점을 기지국으로 삼고서 계속 영역을 확장하며 주인행세를 해온 게다.

처치해야 한다는 비장함이 서린다. 마당 한구석에 잘라낸 대나무들을 모은다. 타닥타닥 불꽃 튀기는 대나무들을 대하자 애잔한 마음이 들었지만 별깍지벌레들을 소탕하고 있다는 마음이 앞서서 개의치 않기로 한다.

그 후에도 대나무를 오르내리는 개미며 암약하는 별깍지벌레들이 눈에 띄지만 그것들에 심히 노출되지 않도록 보살핀다. 발견 즉시 빗자루로 털어버려 큰 문제로 번지지 않는다.

요즘 추위는 유별나다. 얼마나 혹독한지 나를 방에 가둬 버리기 일쑤다. 기나긴 겨울을 나고 새봄으로 들어서면 분재 중에 말라비틀어진 것들이 나온다. 그럴 때마다 벗을 잃은 것 같은 허전함에 휩싸인다. 몇십 년 나와 고락을 함께한 녀석들이기에.

대나무도 예외가 아니다. 항상 초록을 선사해 나를 기쁘게 하건만 그중 추위에 허약한 녀석도 나타난다. 새봄의 문턱으로 들어서기도 전에 이미 메말라 버려 초록을 접는 경우가 많다.

빈자리를 어떻게 메울 건지 막막하기도 하나 그건 시간문제다. 금방 새 죽순이 솟아 나와 그 자리를 메워 준다. 어김이 없다. 올봄에는 죽순이 몇 개 올라오는지 눈여겨본다. 겨우 하나다.

야속하다는 생각마저 든다. 별깍지벌레의 내습으로 분재 전체가 위기에 직면했을 때는 여러 개의 죽순을 내놓던데 지금은 왜 그때에 미치지 못하는지.

갑자기 번뜩임이 일렁거려 서운함은 사라진다. 생존경쟁을 최소화하고 쾌적한 생활공간을 마련하기 위한 집념에서 우러나온 행위임을 알아차려서다. 그런 걸 보면 대나무도 상황 따라 머리를 이리저리 굴리는가 보다.

대나무도 치열하게 경우의 수를 두고 있음이다. 어려움에 직면했을 때는 죽순을 많이 내놓지만 여건이 좋아지면 그 수를 줄여 생존경쟁을 최소화하는 방향으로 선회한다. 2차 세계대전 당시 히로시마 원폭 피해에서 유일하게 살아남은 것도 주변의 어려움에 대처할 수 있는 항상성이 탁월했기 때문이다.

더욱 놀라운 건 대나무가 앙스트블뤼테를 한다는 사실. 독일어로서 '불안 속에서 피어나는 꽃'이라는 의미란다. 죽순으로 영양번식하는 걸 봐 왔지만 생을 마감하기 직전에 이르러서야 사력을 다해 꽃을 피우고 씨를 남긴다니.

죽음을 앞두고 씨를 남기려는 대나무의 의도가 자못 궁금하다. 한 세상 초록세계를 일구며 간편하게 죽순으로 미래를 설계하면서

탱글탱글 편히 지내다 가면 좋을 텐데, 어째서 그렇게 사서 고생인가.

생식이라는 바다가 아련히 떠오른다. 그곳에는 감당키 어려운 고통이 뒤따른다. 여인들 삶의 애환이 언제나 그 언저리에 머무르고 있는 걸 보면 알만도 하다. 대나무도 미루고 미루다가 더는 미룰 수 없어 영생이라는 바람을 갈구하며 그 바다에 몸을 던지는 것. 그건 생물이 본디부터 지닌 본능이고 영원을 갈구하는 염원에서 비롯된 게 아닐까

바람이 분다. 대나무들도 덩달아 살랑댄다. 맑고 굳은 절개를 보여 주는 그들은 또다시 내게 어떤 메시지를 띄워 보내려는 걸까.

천지의 문

10년 만의 나들이다. 두 동강 난 국토를 한탄하다 더 이상 기다릴 수 없어 바둑 친목회원들과 직항을 타고 중국 장춘 공항에 내린다.

머리에 흰 눈을 이고 있다 해서 붙여진 겨레의 영산 백두산. 그 절정은 천지. 그 호수의 신비함을 확인하러 수많은 사람들이 몰려든다. 아침, 길림을 출발할 때는 쾌청한 날씨더니 돈화를 거쳐 이도백하로 들어서자 빗발이 몰아친다. 차 속에서 한숨 소리가 새어 나온다. 안내자는 정상에 올라가 봐야 날씨를 알 수 있다고 위무한다.

올라가는 길이 가파르다. 산 옆구리를 파들며 만들어서 그런가. 마이크로버스에 앉은 채 산 아래를 굽어보니 수십 길 낭떠러지다. 소름이 오싹 끼친다. 드디어 꼬불꼬불한 길을 헐떡거리며 달리더니 목적지인 대피소에 도착한다.

비바람이 거세다. 일행들은 차에서 다 내렸는데 나와 아내는 나갈 엄두를 못 낸다. 금방 옷이 다 젖어버릴 기세, 배낭을 뒤져 비닐 우의를 부리나케 꺼내 입는다. 운전기사와 말이 통하지 않는지라

미안하다고 눈웃음친다. 급하게 입다 보니 제대로 팔을 들이밀지 못했는지, 다른 팔을 집어넣지 못하겠다.

우의를 벗어 살핀다. 오른팔이 들어갈 자리에 왼팔이 들어간 것. 별의별 쇼를 다 한 자신을 한탄하며 다시 입기 시작. 기사의 도움을 받으며 가까스로 껴입는다. 마스크와 안경, 모자를 걸치고서 배낭을 메고 기사에게 몇 번 고맙다고 인사한 뒤 부리나케 대피소로 이동한다.

비바람이 거세 숨이 막힐 지경. 우의를 입었다고는 하나 아랫도리며 신발은 이미 젖은 상태. 마스크 착용을 잘했다고 여기며 대피소로 향하는데 입과 코에서 내뿜는 열기로 안경에 김이 서려 앞이 안 보인다. 천지로 가는 길이 이리 험하다니.

대피소는 사람들로 들끓는다. 한국에서 온 여행객도 많지만 중국인들도 꽤 된다. 비가 조금 개는지 안내자가 밖으로 나가자고 성화다. 사람들이 어디론가 떠나고 있다. 길이 사방으로 갈래져 있어 어디가 어딘지 종잡을 수 없다. 우리도 빗속을 뚫고 걸음을 재촉한다. 30분쯤 걸었을까.

마침내 '천지'라고 쓴 대리석 팻말 앞에 섰다. 대충 성인 키 반쯤 되는 높이다. 숨이 가빠온다. 천지가 눈앞에 있다니 어찌 만감이 교차하지 않을 수 있으랴. 앞으로 달려가 아래를 굽어본다. 잿빛 공간 속에 지형지물에 가려 트인 시계는 5m 정도.

천지가 보이지 않는다. 깊이를 가늠하기 어려운 심연에서 소용돌이치는 안개. 천지의 문이 닫혀 있다. 그 문이 활짝 열려야 천지가 드러날 텐데. 기다리고 기다려도 그 문은 열리지 않는다.

백두산은 날씨 변화가 무쌍하다. 동쪽의 더운 공기와 북쪽의 차고 건조한 공기가 마주쳐 수시로 안개와 비를 만든다. 지금처럼 기상이 악화됐다가도 어느 순간 여봐란듯이 그 모습을 드러내기도 한단다.

그 천지가 사람들을 애타게 한다. 마음씨 착한 사람이 오면 문을 열고, 성미 고약한 사람이 섞이면 문을 아예 닫아버린다는 것. 사람들의 수군거리는 그 얘기에 나 자신이 공연히 움찔한다. 70 평생 잘못한 일들이 얼마나 많은가. 부모님 모시기를 게을리했고 학생 모두를 품어 안지 못했다. 친구와의 약속을 저버렸음을 시인한다.

안내자가 너스레를 떤다. "천지가 보이지 않느냐."고. 그 말에 솔깃해서 모두 눈을 부릅뜨고 아래를 내려다본다. 안개가 소용돌이치고 있을 뿐 천지는 보이지 않는다. 저기 물이 요동치는 게 보이지 않느냐고 계속 우긴다. 천지를 보여줬다는 점을 각인시키려는 의도가 엿보여, 그의 얘기는 허공을 맴돌 뿐.

천지는 하늘과 땅이 접한 곳에 위치한 호수란 의미다. 오랜 지질 시대를 거치면서 이루어졌다. 끈적끈적한 마그마가 산 정상으로 치고 올라와 쌓이고 쌓이면서 큰 압력을 비축하게 된다. 그 압력에 못 이긴 용암이 천지사방으로 강력하게 폭발해서 날아가다 남은 분화구를 '칼데라'라고 한다. 천지는 우리나라 유일의 칼데라호인 반면 한라산 백록담은 생성 기원이 다른 화구호로 분류된다.

천지는 자연 호수 가운데서 가장 고지대에 위치한다. 그 둘레가 10km, 깊이가 350m를 넘는다니 어마어마한 물이 담길 게 분명하다. 인터넷에 뒤져보니 저수용량이 무려 20억 4,000만 세제곱미터에 달한다는 게 아닌가.

그런 높은 곳에 물이 어떻게 공급될까? 지하 깊은 곳의 마그마가 열을 방출해 냉각 고결하는 과정에서 대량의 수증기가 발생, 지하 온천으로 흘러나와 천지 수원의 대부분을 이룬다. 연 1,500밀리의 강수량에다 늘 떠다니고 있는 얼음도 수원으로 한몫을 담당한다. 압록강과 두만강, 송화강의 발원지가 될 정도의 수량이라니 자긍심이 인다.

아무리 기다려도 천지의 문은 꿈쩍도 하지 않는다. 일행들은 지쳤는지 하나둘 맥 빠진 걸음걸이로 되돌아선다. 한반도의 끝 제주에서 물어물어 찾아왔건만 너무도 무정하다. '살다 보면 뜻대로 안 되는 일이 얼마나 많은가.' 맘을 추슬러 본다.

해는 뉘엿뉘엿 서산으로 기운다. 다음에는 내 조국을 통해 맘껏 천지를 감상할 수 있기를 기원하며 하산을 서둘렀다.

칠흑 같은 어둠이 찾아들었다.
우리가 산다면 얼마를 더 살 것인가.
조금 있으면 이런 어둠의 장막 속으로 사라지고
말 것을, 앞으로 아내를 더 소중히 대하자.

5부

번지다

어머니는 돌아가신 지 오래됐지만 그 울림은
내 마음속에 그대로 남아 있다. 밥솥에서의 번져나감처럼
사랑스러운 사연들이 봄바람을 타고 솔솔 퍼져나가는
그런 사회가 됐으면 좋겠다.

일단 빠져들면 더 끌려들어 가는
바느질 연정
발버둥을 치면서라도
번지다
비누의 미학
수행修行
시소게임
안개 속
장모님과 홍시

일단 빠져들면 더 끌려들어 가는

새벽하늘이 우중충하다. 간밤에 내린 비의 자취가 표표히 깔렸다. 인근 교정으로 들어서다 아차 했다.

신발을 잘못 신고 온 거다. 지금 착용한 건 공기 통풍에 기능하는 신발. 맑은 날에는 아무 문제가 없지만 젖은 땅에서는 밑창으로 물이 스며든다. 교정에 들어서고야 그걸 깨달았으니.

그대로 트랙을 돈다. 물이 고인 곳을 피하며 발걸음을 뗀다. 맨바닥에 눈길을 주며 고인 빗물을 피하기에 바쁘다. 하지만 신발은 젖어 들기 일쑤다. 생각이 창공을 훨훨 맴돌다 보면 눈앞에 흙탕물이 고였는지, 피해야 할 건지를 가리지 않는다. 걷는 데만 몰두할 뿐.

사는 것도 마찬가지. 뉴스에 자주 나오는, 자르고 잘라도 도지는 부정부패들. 진창에 빠져들면 젖은 신발처럼 더 끌려들어 가기 마련인 것을.

바느질 연정

베갯잇 위로 수건을 둘둘 말아 베개를 감싼다. 베갯잇과 수건을 겹쳐 대고 실 바늘을 들이대어 돌아가며 몇 군데를 그렇게 꿰맨다. 이제야 감싼 수건이 베갯잇과 한 속이 돼 풀어질 염려가 없겠다.

바느질이라. 무슨 짓거리냐고, 남자가 할 일이 아니라고 툴툴거릴 수도 있겠다. '그렇게 할 일이 없으면 낮잠이나 자두지.' 하며 조소하겠지. 낸들 하고 싶어서 그러나. 허연 산신령이 다 된 나지만 그리해야 하는 상황인걸.

집사람이 아프다. 70줄을 넘어섰으니 그럴 연령에 이르렀다고 여기며 지낸다. 아픈 데가 한두 곳이 아니다. 쉴 틈 없이 활동하던 그녀가 급전직하 좀처럼 움직이려 하질 않는다. 삭신에 좀이 슬고 있는지 앉았다가 일어서려면 무릎에서 '삐거덕' 하는 소리가 난단다. 특히 그녀의 눈에 신경이 쓰인다.

감각기는 나와 바깥세상을 잇는 가교역할을 한다. 사람에게 그게 없다면 들판에 굴러다니는 돌멩이와 무엇이 다르랴. 산천을 유람하고 베토벤의 9번 교향곡을 감상하며 콩잎에 보리밥을 즐길 수 있는 게 그 덕분이 아닌가. 눈 귀 코 혀 피부라는 오감이 건재하기에 내가 숨 쉬고 있다는 존재감. 그중 하나가 잘못되기라도 한다면 어쩔 것인가.

3년 전, 전립선을 수술하기 위해 S병원을 찾았다. 내가 든 입원실에 나이 80을 헤아리는 어르신이 들어 있었다. 평형감각에 이상이 생겨 입원한 것이다. 어느 아침, 병원 화장실에 볼일 보러 갔다가 그대로 쓰러져 벽에 이마를 부딪치고 만다. 큰 생채기를 남겼다. 본인은 쓰러지지 않으려고 애를 썼지만 사방이 뱅뱅 도니 감당할 수 없었으리라. 세상은 그대로인데 본인은 세상을 도는 걸로 착각하게 되니 문제다. 그때 느꼈다. 감각기관 중 하나가 잘못되면, 그 파장은 통제 불능 상태에 빠질 수도 있다는 것. 그 어르신은 자가용을 몰고 병원에 입원했었지만 앞으로 운전대를 잡기도 쉽지 않을뿐더러 매사에 보호자의 손길이 따라야 한다. 어찌 적극적인 삶을 바랄 수 있겠는가.

그나저나 집사람이 문제다. 시력 문제가 불거진 것이다. 처음에는 수정체가 혼탁해지는 백내장으로 진단받고 가료 중이었다. 서울 사는 딸이 눈을 그렇게 아무 데서나 손대면 되느냐며 눈 전문병원에 예약했으니, 그리 알고 날짜 맞춰 올라오라고 나무란다.

나는 기우로 여겼다. 지나친 걱정은 아무짝에도 쓸모없다고 씨부렁대며 집사람 따라 서울로 올라갔는데 이게 무슨 꼴인가. 그녀의 양 눈에 녹내장이 번지고 있다는 판명. 종국에는 앞을 볼 수 없는 지경에 이르는 질병이라니. 지팡이를 더듬거리며 거리를 걸어가는 그녀 모습을 떠올리니 인생 막장이 멀지 않았음을 실감했다.

병원에 비치된 자료를 뒤져봤다. 망막에 100만 개의 시신경으로

된 회로가 깔려 있다. 그게 시력의 가교역할을 하는 것이다. 안압은 눈 속 액체의 양에 의해 좌우된다. 눈 속에 액체가 과도하게 넘치면 안압의 수치가 높아져 시신경을 압박한다. 그것은 시신경으로의 피돌기를 방해함으로써 결국 시신경의 파괴로 이어질 수밖에. 그게 녹내장이다.

담당 의사는 단호했다. 관건은 안압 조절에 있단다. 시신경에 메스를 댈 수 없기 때문에 수술은 불가능하다. 처방 약을 때맞춰 잘 쓰며 안압이 올라가지 않도록 스트레스를 줄이며 하는 일에도 세심한 주의를 기울이라고 당부하는 게 아닌가.

안압과 스트레스, 불가분의 관계임이 틀림없다. 스트레스를 받으면 혈압이 올라간다. 안압 역시 오르기 마련. 스트레스를 주지도 받지도 말라고 하지만, 실행에 옮기기란 여간 어려운 게 아니다. 사람이 살아간다는 것 자체가 스트레스라고 할 수 있는데 어떻게 자극을 아니 줄 수 있으랴.

생각을 달리 먹기로 했다. 그동안 집사람에게 의존하는 삶을 살아온 게 사실이다. 50여 년 가까운 세월, 온갖 궂은일을 그녀 혼자서 북 치고 장구 치며 꾸려 왔으니 그 과정이 얼마나 힘겨웠을까. 일 년마다 반복하는 제사 명절에 나와 4남매의 뒷바라지, 김치 담그기까지. 그것만으로도 벅찬 느낌이나 어디 그뿐이랴. 일상에서 벌어지는 자잘한 일들이 얼마나 가슴을 아리게 만들었을까.

그렇다고 과거에 얽매이는 말자. 이미 엎질러진 물. 후회한들 그게 무슨 소용이랴. 앞으로가 중요하다. 석양을 향한 인생길에 서로 부대끼며 아옹다옹 말다툼도 있겠지만 서로 존중하며 함께 노

젓는 삶이고 싶다.

집사람과의 대화시간이 필요하다. 나는 말수가 적어 집안 분위기를 가라앉게 하는 재능이 있나 보다. 변화가 필요하다. 지금까지 해오던 버릇을 강아지에게 줘버릴 수는 없겠지만 집안을 정감이 감도는 분위기로 바꾸도록 노력하자. 일 처리는 나 위주에서 벗어나 가급적 그녀의 생각을 존중해 주는 게 가정의 건강을 위해서 바람직하지 않을까.

일상생활이 영화 같은 삶이면 얼마나 좋을까. 천상에 올라가면 일상의 귀찮은 일들에서 벗어날 수 있을지 모르지만 여기는 지구촌이다. 하루 세 끼 식사를 어길 수 없으며 그 뒷정리도 따분할 뿐이다. 땀이 밴 내의들을 매일 갈아입어야 하며 자기 몸에서 생긴 먼지를 터는 일도 무시할 수 없다. 그런 일들은 여성들이 할 것으로 여겨왔다.

여성들은 인종의 삶을 살아왔다. 그 틀에서 벗어나기는 쉽지 않겠지만 그 고통을 서로 분담한다면 훨씬 고단함이 덜어지지 않을까. '백지장도 맞들면 낫다.'는 속담을 생각하며 가사에 적극적으로 나서련다. 그러다 보면 사랑의 밀도도 더욱 진해지겠지.

아내 몰래 바느질이다. 베갯잇을 오래 쓸 요량으로 수건을 덧씌우고 있다. 처음 하는 일이라 손놀림이 낯설다. 바느질 연정. 나는 이런 삶을 살련다. 둘이서 석양을 향해 노 젓는 향연을 꿈꾸며.

발버둥 치면서라도

온수에 발을 담그자 온몸에 훈기가 감돈다. 그 맛이 괜찮아 계속 이어 가다 보니 길들여졌다고나 할까. 저녁녘, 화장실 계단에 앉아 발을 물에 담그고 꼼지락거리노라면 올라오는 열기 속에 스르르 밀려드는 잡념들. 앞날에 대한 걱정보다도 지난 추억에 매몰되기 일쑤다. 시침은 하염없이 돌아가는데.

정신줄을 놓으니 문제가 불거진다. 허리 지주대가 주저앉아 등이 활처럼 휜 걸 한참 지나서야 느낀다. 안 되겠다 싶어 허리를 추슬러 보나 그때뿐, 또다시 편안함으로 회귀하고 마니 자괴감에 빠져들지 않을 수 없다.

발 담그기를 계속하는 중에 실낱같은 끄나풀 하나를 건져 올린다.

그 발단은 문에 있었다. 매서운 추위가 극성을 부리는 어느 날 저녁, 발을 온수에 담가 눈을 지그시 감고 앉아 있노라니, 손자 녀석과 발 씻으며 놀던 지난날이 살포시 떠오른다. 그때 퍼뜩 오른쪽 무릎이 화장실 문에 기대고 있다는 메시지가 꽂힌다.

그게 뻔쩍하며 뇌리를 흔들더니 나를 소스라쳐 놀라게 한다. 눈을 감고 있어 사위가 어둠의 장막에 가려 있지만, 문에 기댄 무릎을 통해 나를 훤히 들여다보고 있다는 것. 몸이 어떤 자세를 취하고 있는지가 선연하다. 자세를 바로잡는 데 도움이 되겠다.

더욱 나를 미소 짓게 한 건 마음의 편안함이다. 무릎을 문에 기대자 산들바람이 스치듯 심신의 안정을 가져다줘 불안감이 싹 가신다. 노인들이 지팡이를 짚고 걸어가는 연유를 알 것도 같다.

놀랍다. 그대로 지나칠 일이 아니다. 무릎을 문에서 떼어 놔 본다. 조금의 시간이 지나자 다리를 비롯한 몸 곳곳이 가만있지 못하고 미세하나마 흔들리고 있다. 편안하지 않다는 것이다. 어서 문에 기대라고 속삭여댄다. 또다시 무릎을 문에 살짝 기대 본다. 편안함이 온몸에 번진다. 그게 나 자신을 들여다보는 거울이 되고 정신줄을 엮는 고리 역할을 할 줄이야.

마음이 울컥하다. 이제 신체적으로 기대야 하는 선상으로 들어서고 있다니. 소싯적에는 아무렇지도 않게 다가오던 일들이 석양에 이르자 표출되는 증상들. 기대기 심리는 여기저기서 출몰하고 있다.

별들이 졸고 있는 새벽, 운동한답시고 현관을 나와 계단으로 내려서려 하자 멈칫한다. 담벼락과 처마에 빛이 가려서인가, 계단이 안개에 휩싸인 듯 어스름해서다. 오른손을 건물 외벽에 갖다 대서야 층계가 어디쯤인지 감이 잡힌다. 안심하고 발을 뗀다. 기대기 심리가 발동한 것이다.

서울 지하철 계단을 내려가려면 위압감에 압도당한다. 내려다보노라면 가파르기 이를 데 없어 움츠러들기에 십상이다. 그래서인가, 계단 구석진 곳을 따라 팔뚝으로 층계 손잡이를 툭툭 쳐 중심을 잡으며 내려가는 자신을 발견한다. 기대려는 심성이 은연중에 표출되고 있음이다.

2020 새해를 맞으면서 소식 하나가 언 대지를 헤집으며 날아든다. 창원에서 한의원을 경영하며 매일 어머니에게 안부 전화를 걸어오던 아들이 부모 찾아 고향 제주로 내려온다는 게 아닌가.

그는 누구인가? 우리 집 장손이다. 어릴 때 병치레가 심해 병원 문턱을 들락거리던 녀석이다. 반전은 초등학교 5학년 때 일어난다. 학교 급식을 먹으며 건강이 나아져 걱정을 덜 수 있었고 성적도 이에 비례해 눈에 띄게 달라진 것이다.

어찌 나아가는 길이 평탄할 수만 있으랴. 석·박사를 마치고 기업체에 들어간 후 가정을 이룬다. 이제는 안심이라고 여긴 게 오산이었다. 근무지 따라 이삿짐 싸 들고 청주, 대전, 수원, 부산으로 전전하기를 얼마였던가. 그런 떠돌이 생활에 진절머리가 났던가, 말년을 염려해선가. 걸머멘 짐을 후딱 내려놓더니 한의학에 입문하고 만다.

그 길은 고난의 행군이었다. 다달이 밀려드는 생활비, 아이들 교육비. 자신의 학자금을 감당하기가 힘겨웠겠지. 사표를 내던진 걸 후회하며 하염없이 눈물을 흘렸으리라. 4년간의 학업 생활과 2년 반이라는 수습 기간의 와중에 생활을 어떻게 꾸려나갔는지, 가슴이 먹먹하다.

이제 아들은 고향에 안착했다. 창원 3년간의 안정적 생활을 뿌리치고 내 곁으로 돌아온 것이다. 만나는 사람마다 허심탄회하게 집안의 대소사를 의논할 수 있는 아들을 되찾게 되었다고 한마디들이다. 되짚어 보니 생의 끝자락에 다다른 상황에서 아들을 옆에 끼고 살 수 있다니, 심적으로 마음 든든하지 않을 수 없다. 남들은 자식들을 외국으로, 서울로 떠나보내 일 년에 한두 번 상봉하기도 어려운 데. 의지할 구석이 생겼으니 호박이 넝쿨째 굴러들어 왔다고나 할까.

그렇다고 마냥 좋아할 수만은 없다. 가끔 아들과 제사 명절에 참여하며 손주 녀석들을 들여다보는 것만으로 만족해야 하지 않을까. 도움을 받기보다는 주려는 자세로 나가야 한다. 자꾸만 움트는 기대기 심리, 허약한 마음을 발버둥 치면서라도 저 멀리 날려 보내자.

오늘도 나는 온수에 발을 담근다. 무릎을 문에 기대고 싶은 마음 간절하지만 '아직은 아니다.'라는 일념으로 결연히 문에서 떨어져 앉는다.

번지다

아내는 가끔 외출한다. 그것도 아침 출근 시간대에 절간에 가려니 어찌 바쁘지 않으랴. 그럴 때면 설거지는 내가 하겠다고 나선다. 못 이기는 체하며 툭툭 털고서 밖에 나갈 채비로 바지런을 떠는 모습이 좋다.

인생살이에는 좋고 궂은일이 잇따르기 마련. 식사 후의 뒤치다꺼리, 설거지다. 개수대에 엉망으로 놓여 있는 그릇들을 대하면 심란하다. 그걸 억지로 참으며 눈여겨보는 게 있다. 빈 밥솥이다. 밥알이 덕지덕지 붙어 있고 밑바닥은 눌은밥이 다 돼 있다.

나는 구시렁거리지 않을 수 없었다. 밥솥을 쉽게 씻으려면 물을 가득 부어두어야 하는데, 겨우 밑창을 벗어날 정도이니 까칠한 윗부분을 어떻게 씻을 것인가. 안 되겠다 싶어 물을 가득 부어 그냥 개수대에 놓아두었다.

그대로 남겨두니 마음이 개운치 않았다. 어느 날 밥솥을 씻어 봤다. 밥솥 위아래에 수세미를 대고 박박 문지르자 일이 싱겁게 끝난다. 아래 흐물흐물해진 눌은밥은 물론이요 윗부분에 눌어붙은 밥풀까지도 쉽사리 벗겨지는 게 아닌가.

신기했다. 그냥 지나칠 일이 아니었다. 며칠 후 설거지할 기회가 또 생겨 밥솥 안을 살펴봤다. 가장자리 쪽에 달라붙은 밥풀의 감촉은 보기와는 달랐다. 겉은 까칠한 듯했지만 속은 촉촉했다. 밑창에 있는 물이 벽을 타고 번져나간 것이다.

번지다. 사방으로 점점 넓게 퍼져나가는 걸 이른다. 물이 담긴 그릇에 거즈의 한쪽 끝을 대면 물이 마른 거즈를 타고 자꾸만 위로 올라온다. 번지다가 일어난 것. 뿌리털이 물을 흡수하고 등잔 심지에 기름이 올라가 불이 켜지는 게 그런 원리다.

야생 원숭이 집단 서식지인 일본 고지마 섬. 그곳에서 어린 암컷 원숭이가 해변을 어슬렁거리며 무얼 주워 먹는다. 밀알이다. 모래 틈새에 박힌 밀알을 집어낸다 하더라도 모래알을 털어 내기는 그리 쉽지 않다. 고난 속에서 아이디어는 탄생하는 것. 녀석은 그 일이 심란했는지 하다 말고 밀알이 섞인 모래를 한 움큼 움켜쥐어 바닷물에 집어넣는다. 순간 모래는 가라앉고 밀알만이 수면 위로 떠오르지 않는가. 원숭이 세계에서의 천지개벽이었다. 물에 둥둥 뜬 것을 주워 먹는 것은 식은 죽 먹기. 그 행동을 다른 원숭이들도 따라 하기 시작했으니. 최근에는 원숭이들이 해변에 구덩이를 파 놓고 밀알 덩이를 옮겨와 바닷물에 담갔다가 떠오르는 것을 주워 먹기에 이르렀다. 한 행동이 집단행동으로 번진 것이다.

유년 시절, 내게는 못된 버릇이 있었다. 어머니가 밭에 가며 내게 상점을 보라 했다. 상점에는 나를 유혹하는 것들이 많았다. 손님이 오면 바빴지만 혼자 있으면 먹는 것으로 무료함을 달랬다. 숱하게 먹었기에 호주머니는 기름으로 절었으며 오줌도 노랬다. 지금 생각하니 그게 습성이 돼버렸던 것 같다.

　나쁜 짓은 그리 오래 가는 게 아니었다. 어느 날, 호주머니에 도넛을 넣어 다니며 먹다가 그만 어머니에게 들키고 말았다. 어머니의 분노는 극에 달했다. 회초리로 머리며 어깨, 팔다리를 사정없이 두들겨 맞았다. 다시는 먹을거리에 손대지 않겠다고 다짐에 다짐을 했다.

　그것으로 끝난 게 아니었다. 밤이 이슥해지자 어머니는 나를 불러 앉히고서 야학 다닐 때 들었던 고사를 들려줬다.

　어머니를 그리는 마음은 누구나 마찬가지. 소년 맹자가 공부하러 집을 떠났다가 돌아온 것은 어머니를 보고 싶어서이다. 그러나 어머니는 짜던 베를 단칼에 잘라버린다. "네가 공부를 그만 쉰 것은 이렇게 베를 자름과 다름 아니다. 너는 어찌하여 마음을 놓는 것이냐." 그 한마디에 맹자는 어머니의 마음을 바로 알고 자기 행동을 뉘우치고 캄캄한 밤인데도 공부하러 즉시 집을 나선다. 효심과 용기의 극치이리라.

　그 울림이 컸던지 나는 이 고사를 늘 마음에 간직하고 있었다. 기회가 닿는 대로 학생들에게도 들려주었으나 그들에게 어떻게 번져나갔는지 알 수 없다. 학생들이라 할지라도 갈대와 같은 게 사람 마음 아닌가. 분위기는 어느 정도 감지한다지만 그 마음을 어찌 헤아릴 수 있으랴. 그래서 번져나가는 것도 번짐 나름인 것 같다.

　아기 웃음은 사람을 봄바람 일게 한다. 그런 그들의 마음은 새하얀 백지. 그곳에 어떤 번지다를 주느냐에 따라 그려지는 그림이 달라지는 것은 정한 이치. 엄마의 햇살 같은 미소며 서로의 가슴을 여는 벗과의 사귐, 자연을 경이적인 눈으로 바라봄은 세상을 긍정적으로 내다보는 심성이 되리라.

하지만 모든 게 생각대로 되는 게 아니다. 세상이 복잡하고 경쟁이 심화됨은 아이들에게도 그 영향이 미치게 마련. 아이들의 어투를 보면 사랑스러운 말보다 상스러운 말에 먼저 젖어 든다. 어른들에게서 은연중 나온 번지다의 반작용이다. 가정과 학교, 사회교육이 바로 서야 하는 이유다.

번지고 번져나가야 한다. 어머니는 돌아가신 지 오래됐지만 그 울림은 내 마음속에 그대로 남아 있다. 밥솥에서의 번져나감처럼 사랑스러운 사연들이 봄바람을 타고 솔솔 퍼져나가는 그런 사회가 됐으면 좋겠다.

비누의 미학

비누 거품을 낼 때면 나는 소설 '개선문'의 한 장면이 떠오른다.
'라빅은 비눗물로 손을 씻기 시작했다. 마치 껍질을 벗기기라도
하려는 듯이, 몹시 거칠게 손을 씻었다.'

2차 세계대전 초, 라빅은 나치스에 쫓겨 프랑스로 숨어든다. 과
거를 숨기고 무면허 외과의로 살아가려면 남모르는 어려움이 허다
했다. 환자를 수술하고 나면 그는 으레 손을 씻었다. 비누로 정성
껏 손을 씻는 모습이 내 심연 깊숙이 숨어들었다가 비누를 사용할
때마다 떠오르곤 한다.

유년 시절, 우리는 보릿고개를 넘기기가 어려웠다. 졸아든 배를
불리는 게 급선무였기에 위생을 따질 겨를이 어디 있겠는가. 먹을
것을 찾아 헤맸다. 세숫비누는 귀했고 더러는 검정 감자비누로 세
탁했다. 점방을 보며 청소한답시고 나는 물에 걸레를 헹구고선 걸
레질을 했으나 비누를 사용한 기억이 나지 않는다. 비누로 빨아야
한다는 관념이 별로 없었다. 지금은 어떤가. 물질문명이 풍미하고
위생개념이 보편화한 세상인지라 비누 사용이 부쩍 늘고 있다.

나는 비누의 위력을 체험한 적이 있다. 동료 교사가 눈병에 걸

린 것이다. 과학 출품작품을 그와 공동 연구하는 나로서는 맞대면하는 기회가 잦아 언제 그것이 내게로 옮길지 알 수 없는 상황이었다. 틈날 때마다 비누로 손을 씻으며 눈을 비비지 않으려 애썼다. 과학반 학생 몇몇이 감염됐지만 다행히 나는 그 위기를 넘겼다. 그때 비누의 효능을 절감했다.

그 후로 나는 비누를 애용했다. 면도할 때를 제외하고는 부러 사용을 자제하던 것을 지금은 그런 기회가 닿을 때마다 매만진다. 세면도 하고 화장실을 드나들 때마다 쓰다 보니 비누의 아기자기함에 놀라움을 금치 못한다.

물건을 씻는 풍습은 고대 문명에서부터였으리라. 이집트와 메소포타미아의 벽화는 그런 풍습이 성행했음을, 짐승의 기름과 태우고 나서 생기는 재를 재료로 해서 비누를 제조했음을 옛 자료에서 확인한다면 지금도 그 제조과정이 옛 방식을 변용하는 것에 지나지 않음을 유추할 수 있다.

비누는 계면활성제다. 성질이 다른 두 물질이 맞닿을 때, 그것은 경계면에 달라붙어 표면장력을 현저하게 감소시키고 친유성인 비누 분자로 기름때를 녹여서 결국 제거하는 것이다. 사람들은 그것이 지닌 효능을 밝혀내고서는 이것으로 병원체를 제거하며 세면과 세탁할 때도 이용하고 있다.

비누 형질은 기이하다고 할까. 온몸에 비누칠을 하노라면 보드라움과 매끈거림이 도드라져 더욱 거기에 탐닉할 수밖에. 그것만이 아니다. 그런 즐거움을 선사하면서도 떼와 오물들을 말끔히 세척하며 자신을 끊임없이 비운다는 사실이다.

자신을 비운다는 게 어디 쉬운 일인가. 제주시오일민속시장을 가면 수많은 군상을 만날 수 있고 사람 냄새가 물씬 풍겨온다. '더 달라. 깎아 달라. 보태줘라.'하는 소리가 시장을 가득 메운다. 모두 이문을 남기기 위해, 한 푼이라도 더 아끼려는 목소리가 드높기만 하다. 그런 곳에서 비움의 미학을 구한다는 것은 지난한 일이다.

고희가 코앞인 나는 주변을 정리할 단계에 이른 것 같다. 그것은 비움에 의해 완성할 수 있는데 웬일인지 자꾸만 뒤로 미루고 있다. 아직 육신이 팔팔한데, 할 일이 산적한데, 손자 녀석이 크는 것을 지켜봐야 한다며 차일피일한다. 쉽지는 않겠지만 언젠가는 도달해야 할 길이다.

나는 비누를 눈여겨보는 버릇이 있다. 포장에서 뜯어낸 비누는 향이 짙어 코끝을 간질이며 사람을 매혹한다. 그것은 세월과 더불어 가운데 즉 허리가 잘록한 모양새가 되고 종국에는 두 도막으로 갈린다. 처음에는 도막 난 것들도 비누다운 대접을 받으며 애용한다. 세월은 그들을 볼품없는 쪼가리로 만들며 아무도 쳐다보지 않게 한다. 화장실 구석에 나뒹구느니 비누 쪼가리요 언제 어떻게 사라졌는지 그 말로를 아는 자 없다.

비움을 실천하며 자신을 낮추는 비누의 종착은 무의 세계로 가는 데 있다. 하지만 그 말로가 눈에 밟히는 것은 무슨 연유일까. 비움의 미학을 실천하며 끊임없이 이 세상을 아름다움으로 승화시키던 녀석이다. 그것들에게 지워진 본분을 다하게 함이 마땅하나 미아로 정처 없이 떠돌다 사라지는 녀석들이 숱하기 때문이다. 우리는 닳아 없어질 최후의 순간까지도 그 본분을 다하도록 존중함이 어떨까.

　나는 목욕탕에서 인상적인 장면을 목격했다. 한 사내가 몸을 씻다 말고 일어나 모서리에 놓인, 쓰다 남은 비누를 모아둔 양동이로 다가가는 것을 보았다. 거울을 통해 그분이 하는 행동을 지켜보던 나는 빙그레 웃지 않을 수 없었다. 그는 손에 든 수건을 그 양동이에 덮더니 마구 문질러 신나게 비누칠하고는 제 자리로 돌아와 몸의 곳곳을 비누칠하질 않는가.

　아이디어가 구김살이 없다. 쓰다 남은 비누는 목욕탕에서도 골칫거리였다. 더러는 비누를 재생하는 데 염가로 넘기기도 하지만 매일매일 불어나는 비누 쪼가리를 처치하기는 쉽지 않다. 어느 목욕탕에서 궁여지책으로 고안한 방안이 점점 퍼져나가 이제는 전국적으로 확산된 게 아닐까. 또 다른 분도 그 양동이로 다가가는 것을 목격했다. 나만 그 양동이 비누를 활용할 줄 몰랐지 널리 일반화하고 있는 것이다.

　나도 체험하고 싶었다. 그 양동이에 수건을 덮고 이리저리 돌리자 금세 수건에 비누 거품이 일고 비누 알갱이에 의해 하얗게 빛을 발한다. 순식간에 비누칠이 됐다. 사람들이 외면하는 비누 쪼가리. 그것들에게 지워진 본분을 다하게 해 비움의 미학을 다하게 하고 있는 것이다.

　그런 태도는 인생의 행로에도 널리 번져나가야 한다. 노인 경시 풍조가 만연하는 오늘, 그것은 석양을 터벅터벅 걸어가는 노인네들에게 할 일을 다 하고 보람차게 생을 마무리할 수 있는 길을 트며 인생의 종말을 아름답게 누비게 하리라 믿는다.

라빅의 손 씻기는 자신의 과거를 은폐하기 위한 몸부림인가, 아니면 비누의 본분을 존중하기 위한 배려인가. 법정 스님이 자꾸만 생각난다.

수행修行

아내의 운신이 예전과 다르다. 가정을 위해 지금껏 헌신적으로
살아왔으나, 움직임에 활력이 없다. 마음이 아리다.

뭔가 도움을 줘야겠다. 식사에 쓰였던 그릇을 씻기로 한다. 생색
을 내고 달려들자 아내도 좋아라 한다. 그걸로 임무는 끝난 줄 알
았다. 그릇을 정리하고 난 후 안방에서 신문 보며 여유를 즐기기를
일주일.

"가스레인지가 뒤범벅이니 살펴봐 달라."는 아내의 주문. "그릇을
씻어 주는 것만도 감지덕지이거늘 무슨 잠꼬대냐."고 화를 낸다.
한번 그 주변을 살펴보라며 물 부엌으로 가더니 빨래하기 바쁘다.

둘러봤다. 솥과 냄비에서 흘러내린 흔적들이 가스레인지 곳곳에
덕지덕지 묻어 있다. 음식 재료와 가스레인지, 솥과 냄비들이 서로
합작해 증기를 토하며 먹거리를 만들어 낸 자취가 생생하다. 청결
과는 동떨어진 모습. 그것들을 정성스레 닦기 시작하자 어떤 상념
하나가 피어오른다.

유년 시절, 어머니는 밭으로 향하며 '저녁을 지으라.' 하셨다. 밥
짓기가 생각보다 쉽지 않았다. 가게를 들락거리는 손님들을 맞이

하랴, 보릿대로 불 지피고 밥 지으며 상점과 부엌을 오가면서 불 끄고 지피기를 쉼 없이 해댔다. 그래도 어찌어찌 맡은 일을 해냈다. 하나 무쇠솥과 그 언저리를 정리하지 않았다는 핀잔을 들었다.

식기와 가스레인지 언저리의 손질. 그걸로 설거지는 다 끝난 줄 알았는데 생각이 미치지 않은 부분이 있을 줄이야. 수챗구멍까지 손 봐 달라는 주문이라니. 그런 일까지 하라니 자존심이 구겨진다. 분노가 스멀스멀 기어올라 "뭐라고?" 소리치자 아내도 나 몰라라 하고 확 돌아서 밖으로 나가 버린다. 자꾸만 수챗구멍에는 온갖 오물이 쌓여만 가는데….

냄새가 진동하자 파리들이 들끓는다. 얼마 후에는 달팽이들이 수챗구멍을 타고 부엌으로 난입하질 않는가. 내가 헤아린 것만도 열이 넘는다. 씻어놓은 그릇은 물론, 수저에까지 턱 하니 앉아 있다. 뼐이 꼬인다.

내 신세가 가엾다. 괜히 한 발짝 내디뎠다가 점점 나락으로 빨려 들어가는 느낌. 아내의 노고를 덜어 준다는 배려에서 시작한 일이 이 지경에 이르다니, 누가 짐작이나 했겠나.

수챗구멍이 문제다. 온갖 잡동사니로 그득한 그곳. 언제 다시 달팽이의 내습을 받을지 알 수 없기에 마음을 놓을 수 없다. 수채통 속 잡동사니들을 음식물 쓰레기통으로 내보내야겠다. 싫어도 어쩔 수 없다.

음식물 쓰레기통은 어떤가. 흘린 밥알, 야채와 과일 썩은 것, 상한 음식, 생선 가시와 비늘, 콩나물 머리 껍질, 멸치 다듬은 것들, 보아 주기 어려운 것들로 뒤범벅이다. 역겨운 냄새가 진동한다. 초

파리가 들끓고 희끄무레한 곰팡이까지 설친다.

수채통에 손대는 게 고통으로 다가온다. 숨을 멈추고 그걸 쓰레기통 가에 대고 팡팡 두들겨대다 통속을 들여다본다. 달라붙어 뻗대고 있는 녀석들이 빤히 쳐다보며 약을 올려 내 속을 박박 긁는다. 더욱 세차게 두드려댄다.

소리가 컸나. 물 부엌에서 허드렛일을 하던 아내가 "손을 집어넣어서 조용히 끄집어내세요." 한다. 대꾸하지 않고 더 세차게 통을 두드려 대나 말을 듣지 않는 녀석들이 곳곳에 진 치고 있다. 이를 악다물며 고무장갑 낀 손을 집어넣어 녀석들을 훔쳐낸다. 숨이 가빠 온다. 밖은 차량들 지나가는 소리 요란한데.

방에 들어와 생각에 잠긴다. 소리 내며 청소하는 자가 누군가. 나뿐이다. 이층에는 나그네가 살고 있고 사방으로 가정을 이룬 분들이 빼곡하게 살고 있다. 수채통을 음식 쓰레기통에 대고 두드려대는 소리를 들어보지 못했다는 자괴감에 사로잡힌다. 그래, 소리를 내지 말고 해 보자꾸나.

아내와 동행한 지도 50여 년. 그동안 신경을 곤두세우며 수채통을 두들겨대는 걸 본 적이 없다. 껄끄러운 그 일을 오랜 세월 스스럼없이 해오지 않았는가. 그 행적과 내가 저지른 행위를 투영시키자 한없이 작아지는 나를 발견한다.

설거지는 쉬운 일이 아니다. 수채통 속 말썽꾸러기들을 비우고 나면 부엌 여기저기에 무슨 흠집이 있나 살피며 마무리에 들어간다. 시큰대는 등허리까지 달래노라면 기분이 바닥을 친다.

사고의 전환이 필요했다. 고생을 순화시켜 나갈 방안. 어느 날 창가에 앉아 이런저런 생각에 잠겨 있다가 '설거지에서 불거져 나오는 고생을 수행修行이라는 마음가짐으로 다스려 나감이 어떨까.' 하는 생각이 스멀거렸다.

'수행이라.' 그것은 감내하기 힘겨운 길이다. 성인들이 인생을 숙고하며 걸음을 옮기던 길이 아니던가. 그 길을 본보기로 삼자는 게 아니다. 다만 하는 일에 의미를 덧칠하고 긍정적으로 마음을 가벼이 해 일을 꾸려나간다면 그걸로 족하지 않을까.

개수대에서의 설거지, 하찮게 여길 일이 아니다. 가족의 건강을 짊어지는 책무가 막중하지 않은가. 모든 건 마음 먹기에 달린 일. 느긋하도록 마음을 다잡아 나가자.

오늘도 그릇을 씻는다. 이 땅의 어머니들이 걸어온 그 길을 수행이라는 미명으로 되작이며.

시소게임

아파트에서 내려다보는 창밖 풍경이 흥미롭다.

해가 서산에 걸려 땅거미가 지고 있다. 새들은 지절대며 둥지를 찾아 나서고, 정원의 수목들은 아이들 놀이에 정신이 팔려 미동도 하지 않는다.

학교를 파한 아이들이 놀이터로 몰려든다. 그네와 미끄럼틀에 몰려 있고 소꿉놀이에 열중하는 녀석들도 있다. 자전거를 타거나 공놀이도 하지만 내 눈길은 시소에 머문다.

두 아이가 시소를 탄다. 양 끝에 마주 앉은 둘이서 뭐라 떠들며 오르락내리락하는 정경은 한 폭의 그림이다. 초등학교 1,2학년쯤 된 남자애와 여자애다. 아래에서 수평으로, 다시 위로 올라가는 역학관계 놀이다. 상대방보다 높이 올라갔다가 내려오기도 하며 순간적이지만 같은 선상에 마주하기도 한다. 마치 우리네 인생살이를 말하는 듯싶다.

나이 들면 부부 사이의 역학관계가 오다가다 하나 보다. 시소처럼. 골목길을 지나가는데 어떤 할머니가 목청껏 질러대는 소리가 따갑다. "왜 물을 부어 버렸소? 가만 놔두면 될걸." 기어드는 할아버지의 볼멘소리 "지나다니기에 불편해서 필요 없는 줄 알고 그냥 버렸소." "불편하긴 뭐가 불편해." 한마디에 할아버지는 꿀 먹은 병어리 마냥 풀이 죽어 아무 소리 못 한다. 잠잠하다.

요즘 고개 숙인 남자들이 적잖다. 찾아오는 사람이 별로 없는 집 안에서 마누라와 티격태격하며 살아가는 게 일상화되었다고 할까. 가사는 아내의 전문 분야. 남정네들이 끼어들어서는 안 되겠지만 세태가 달라진 걸 어쩔 것인가. 빈둥거리며 노닥거리고만 있을 수 없기에 남편들도 집안일을 분담해야 한다. 그게 바람직하나 나이 들어 하려니 낯설어 책잡히는 게 다반사다.

아내의 능수능란에 입이 다물리지 않는 일이 있었다. 12월로 들어서자 하루가 다르게 험상궂은 날씨. 깊숙이 보관해 두었던 석유 난로를 꺼냈다. 주유소에서 기름을 사다가 난로 통에 채우고 건전지도 새로 끼워 넣었다. 이제 점화플러그를 심지에 대기만 하면 불이 따뜻이 방안을 데울 거로 예상했지만 불꽃이 올라오지 않는다.

난로를 해체해 봤다. 고약하다. 넓적한 쇠판이 심지 전체를 덮고 있지 않은가. 그러니 공기가 통하지 못해 점화가 안 되는 것을. 그 쇠판을 왼쪽으로 밀자 스스럼없이 따라 움직인다. 그다음이 문제였다. 손을 놓기만 하면 원래의 자리로 되돌아와 심지를 덮는 형국이 되고 만다. 점화할 수가 없다. 그렇다고 쇠판을 왼쪽으로 민 채 불을 댕겨 계속 붙잡고 있을 수도 없는 노릇. 왼쪽으로 밀었다가 손을 놓기를 몇 번 되풀이하다가 그만두었다. 쇠판을 붙잡아둘 수 없다.

쇠판이 심지 위에 놓여 있는 이유가 뭘까. 반드시 어떤 곡절이 있을 것 같은데 아무리 궁리해도 알 수 없다.

아내를 찾았다. 이 난제를 풀어줄 수 있을지 미심쩍어하면서도 쇠판 때문에 점화가 되지 않는다고 말했다. 손으로 입을 가리고 웃다가 "뭐가 어렵다는 거예요?" 하며 쇠판을 왼쪽으로 세차게 밀자 '철커덕' 하는 소리와 함께 왼쪽 모서리에 박히는 게 아닌가.

어안이 벙벙했다. 잠시 할 말을 잊고 멀뚱멀뚱 서 있자 "무슨 일을 하려면 꼼꼼히 따져 보셔야 하죠." 하며 부엌으로 들어가 버린다. 바보 멍청이가 따로 없다. 피가 거꾸로 치솟는지 몸이 둥실 떠내려가는 느낌. '왜 나는 이리 생각이 짧을까.' 자탄하며 한참 넋을 놓았다.

난로 내부를 들여다봤다. 그제야 떠오르는 게 있었다. 그 쇠판은 불이 번지는 것을 차단하기 위한 방패막이였다. 위급한 일이 벌어지면 저절로 쇠판이 오른쪽으로 옮겨와 불길을 차단하는 것이다.

자신을 뒤돌아본다. 그 쇠판을 강하게 왼편으로 밀어붙일 생각을 어째서 못했을까. 그렇게 난로가 아까웠나. 너무 조심했다는 생각마저 든다. 만약 맥가이버가 이 난로를 봤다면 어땠을까. 처음 대하는 난로라 할지라도 그 쇠판이 어떤 용도인가를 단박에 알아챘을 것이다. 학생들에게 문제해결 능력을 배양하기 위해 애를 쓴 자가 방화용 쇠판 하나 알아내지 못했다는 자책감이 가슴을 짓누른다. 또한 가사만큼은 도저히 마누라를 넘어서지 못하겠다는 자격지심이 넘실댄다.

남정네들은 가사를 모른다. 아내에게 집안일을 맡긴 채 바깥으로 돌아다니다가 나이 들어 집안에 들어앉았으니 모르는 게 당연하지 않을까. 하나 세상은 그런 걸 곱게 보아주고 넘어가지 않는다. 어째서 제대로 하지 않느냐고 따지며 책임을 묻는다. 더구나 황혼 길을 터벅터벅 걸어가는 마당에 예전의 위신을 내세워 봤자 아무도 알아주지 않는다. 잘못하면 신세 망치는 운수에 놓이게 되지 않을까 저어한다.

학교를 등진 지 열 해가 넘는다. 혼자서 살 수 없음을 절감한다. 사람들 틈에 끼어들어 부딪치고 뒹굴며 관계를 맺으며 살아가기 마련. 아내와 단둘이서 살아가는 집안이라 할지라도 사회와 다름없는 역학관계는 전개될 수밖에 없다.

아내와의 시소게임은 어떠한가. 아마 오르락내리락할 것이다. 어느 한 위치에 머무르고 있는 게 아니라 밀물 썰물처럼 들고나고 한다고 할까. 보통 때에는 몸을 낮추어 예를 다하다가도 결정적 순간에는 나를 압박하며 꼼짝달싹 못 하게 한다.

어느새 땅거미가 졌다. 칠흑 같은 어둠이 찾아들었다. 우리가 산다면 얼마를 더 살 것인가. 조금 있으면 이런 어둠의 장막 속으로 사라지고 말 것을, 앞으로 아내를 더 소중히 대하자.

시소게임, 그거 다 잊고서.

안개 속

과학기술이 인간 삶의 질을 혁신적으로 바꿔놓고 있다. IT산업이 하루가 다르게 변모하고 생명공학이 장수의 길을 트며 우주여행의 꿈이 현실로 다가오는 세상이나 과학기술로도 어쩔 수 없는 일이 널렸다는 것을 절감했다.

12월로 들어서는 길목, 공항은 관광객으로 붐볐다. 아내는 공항 대합실에 앉아서 자꾸만 입술을 축인다. 창문 너머로 펼쳐지는 자욱한 안개가 원망스러운지 눈을 떼지 못한다.

아내가 실명이라는 극한 상황에 내몰려 있다. 백내장 수술을 받으려 서울로 갔다가 녹내장이 발견된 것. 시신경이 죽어가고 있으니 참담한 심사를 가눌 길이 없다.

그때부터 우리는 비행기를 자주 탄다. 두서너 달마다 서울로 나들이를 하는 셈. 그새 3년여의 세월이 흘렀건만 진료 예약을 어겨본 적이 없다. 항공 운항이 순조로웠기에.

오늘은 절기가 거꾸로 되돌아가는 느낌. 대설을 일주일 앞두고 마파람이 천지를 휘저으니 봄이 따로 없다. 더구나 후텁지근한 날씨에 안개마저 짙게 끼어 어디가 어딘지 종잡을 수 없다. 어찌 걱정하지 않을 수 있으랴.

걱정이 지나치면 병이라 했다. 지금까지의 근심은 한갓 기우에 지나지 않았다. 제시간에 비행기에 몸을 실을 수 있었다. 지나치게 걱정했다고 자책하며 마음을 턱 놓고 있는데 기체가 움직이질 않는다. 출발한다며 엔진이 윙윙거리기를 얼마나 했을까. 들고 온 신문 기사를 죄다 읽었는데도 움직일 줄을 모른다.

지루했다. 잠깐 창가로 눈을 돌렸다. 집을 나설 때보다 사위가 흐릿하고 더 불분명하다. 아내는 진료 예약 시간에 닿지 못하겠다고 안달이다. 갑자기 스튜어디스가 나선다. 비행기가 뜰 수 없으니 대합실로 가서 휴식을 취하며 기다려 달라는 거다. 따를 수밖에. 이착륙 문제는 항공사의 의지로 할 수 있는 문제가 아니기 때문이다.

또다시 대합실에 앉아 창밖을 응시한다. 밖의 풍경들이 하나같이 검게 덧칠한 듯 흐릿해 분간이 안 된다. 뜨고 내리는 비행기가 보이지도 들리지도 않는다. 조용하다. 옆자리에 앉은 사람들도 말이 없고 침울하기까지 하다.

갑자기 번득이는 상념. 안개 낀 이 상황은 우리의 정치 현실을 그대로 드러내고 있다는 생각과 함께 도시국가인 피렌체를 구해 국민적 영웅이 됐던 사보나롤라가 떠올라 헛웃음이 났다.

금욕과 헌신의 삶을 산 수도사 사보나롤라는 시대의 멘토였다. 교황의 부패를 질타하고 당파싸움에 찌든 정치를 비판하며 상류층의 타락을 신랄하게 나무라던 그는 민중의 시선을 한 몸에 모으고 있었다.

1494년 프랑스가 이탈리아로 칼을 들이밀었다. 방비가 허술했던 이탈리아 도시국가들은 잇달아 무너졌고 피렌체의 운명도 바람 앞의 등불이었다. 이 위기 앞에 사보나롤라는 분연히 일어나 프랑스 왕과 담판하고 살육과 약탈을 막아내 피렌체의 메시아로 떠올랐다. 민중의 지지를 업고 그는 정부 구성을 주도한다.

하지만 사보나롤라는 정치적으로 아마추어였다. 정치를 요리할 줄 모르고 도덕만을 앞세우니 제대로 살림을 꾸려나갈 수 없었다. 피렌체 시민들은 내일을 기다리기에 지쳤다고 할까. 결국 궁핍한 생활을 견디다 못한 민중들은 그에게서 등을 돌리고 만다.

우리 정치가 안개 속이다. 21세기 우리 정치 풍토와 15세기 피렌체의 슬픈 역사가 닮은꼴로 엮이고 있다는 생각. 우리 리더들은 너나없이 열광적 지지 속에 최고 권좌에 앉지만 집권 후반기에 이르면 민심이 이반 하는 사태를 반복하고 있으니 이런 아이러니도 있을까. 민심을 아우르며 소통을 이루지 못한 대가는 이번에도 지지율이 바닥을 치는 선상에 이르고 있다.

바람이 불고 있다. 예상치 못한 정치 바람이 솔솔 우리 귀를 간질인다. 기존 정치인에 대한 환멸이 엄청났나, 민중의 시선이 외딴 데로 쏠리고 있다. 자기 일에만 전념하던 사람을 우리 정치를 구할 메시아로 추켜세우는 형국. 리더가 된다는 것, 한 국가를 이끄는 선장이 된다는 것은 막강한 권력을 거머쥐는 일이지만 생각과 뜻대로 되는 게 아니다. 정치 무대에 서 본 적이 없는 자에게 막강한 짐을 지우는 것은 위험한 발상이다. 제2의 사보나롤라가 나타나지 않을까 저어하게 되고 너나없이 공멸할 수도 있음에 두렵기까지 하다.

기다린 보람이 있었다. 다시 탑승한 것이다. 아내 얼굴이 환해졌다. 밖을 내다보니 안개가 짙어 또다시 걱정이 앞선다. 승무원을 불러 "안개 낀 정도가 전과 마찬가지인데." 하자 "사람의 눈으로는 식별이 어렵겠지만 계기 상으로 뜰 수 있는 수치가 나왔으니 걱정하지 말라."며 여유롭게 응대한다. 믿을 수밖에.

비행기는 순식간에 제2선계로 들어선다. 창공은 드높고 사방으로 확 트여 천지가 광대함을 말해주고 있으나 발아래로는 구름이 짙게 깔려 있다. 이곳은 쾌청한데 저 구름 아래로는 안개 속이라니 고르지 못한 세상임을 실감케 한다.

적요가 감도는 실내 공기를 스튜어디스가 허문다. 김포공항 착륙이 임박했으니 안전띠를 매라는 방송이다. 밖을 내다봤다. 비행기는 안개구름 속을 지나는지 밖은 칠흑 같은 어둠에 휩싸인다. 순간 아내 손을 꼭 쥐었다. 전율이 일렁임을 감지할 수 있었다. 이런 상황에서도 기장은 혼신을 다해 조종간을 잡고 있을 것이다. 패기가 넘치는 분이라는 생각이 들었다.

갑자기 어둠이 가셨다. 발아래로 아파트며 공장, 초록색 농장들이 가물가물 나타나는 게 아닌가. 사람 사는 풍경은 나를 안온하게 했다. 이제 착륙하고 있다. 숨을 가다듬었다. 기장은 노련했다. 비행기가 김포공항에 내려앉은 것이다. 아내를 쳐다봤다. 홍조 띤 얼굴에 미소가 감돈다. 병원으로 전화를 걸었다.

잠시 공항 대합실에 앉아 숨을 골랐다. 아직도 흥분이 가시지 않

194 번지다

는지 안개와 기장, 우리의 정국이 한데 뒤엉켜 내 맘속을 맴돈다.
안개 속 난마와 같은 정국을 헤치며 올바르게 키를 잡고 나갈 분은
어디에 있는 누구인지.

장모님과 홍시

가을은 맛의 계절. 아내가 찬거리를 찾아 시장을 헤집고 다닌다. 시금치와 고등어를 장바구니에 담고서 과일가게로 들어서던 아내는 시선을 한곳에 모은 채 눈을 떼지 못한다. 보드랍고 불그레한 홍시. 그걸 흘끔 바라보는 순간 어머니 생각에 목이 멘 것이다.

생전에 장모님은 천식을 앓았다. 서늘한 기운과 맞닥뜨리기만 하면 기침을 콩콩하며 헐떡거렸다. 얼마나 괴로울까. 기침을 참으려고 하면 할수록 상황은 더 좋지 않았다. 시간이 오래 지나고 나서야 어찌어찌 진정되곤 했다.

여덟 살 적에 비운이 들이닥쳤다. 엄마가 세상을 뜬 것이다. 아빠와 자식 여섯을 둔 채 세상을 등지셨으니. 엄마를 여읜 슬픔도 잠시, 맏딸에게 맞닥뜨린 일은 두 달 된 젖먹이 동생의 배고픔을 달래주는 것. 일제강점기니 먹을 것도 부족한데 분유가 어디 있었으랴.

아기를 둘러업고 나서야 했다. 애월 벌룬동산에서 젖 부른 아줌마를 마냥 기다리며 젖동냥하기가 얼마였던가. 배고파 보채는 아기를 어르며 뿌린 눈물이 동산을 촉촉이 적셨으리라. 하물에 물을 길러 왔다가 어정어정하는 광경을 목격하고서 눈시울을 붉히는 동네 아낙들이 많았다 한다. 얼마 뒤 그렇게 보살피던 동생이 저세상으로 가고 말았으니 그 허망함이라니.

그 뒤 장모님은 홍역을 앓았다. 진료를 제대로 받지 못함은 물론 불덩이 같은 몸을 이끌고, 집안일이며 동생들 뒷바라지를 하다 보니 몸을 제대로 추스르지를 못했다. 그때부터 천식을 달고 살아 괴로운 삶을 살아온 것이다.

장모님은 타고난 미인이었다. 눈매가 동그라면서 서늘했고 얼굴은 계란형이었다. 심성이 고왔기에 마을의 뭇 남정네가 장모를 짝사랑했으리라. 동네 명문 이 씨 청년의 눈에 들어 일본 동경에서 결혼했다.

원래 처가댁은 해운업과 유서가 깊었다. 증조부 때부터 배를 타고 육지를 왕래하며 배를 부렸다. 그 업은 조부를 거쳐 장인, 처남까지 4대로 이어졌으니 가통이고 가업이었다. 장인도 어업조합에 근무하면서 조부가 하던 일을 따라 했다. 풍족한 삶이었지만 원래 생이란 굴곡이 있는 법. 배에 사고가 난 뒤부터 농사일에 전념했다.

장모님은 슬하에 여덟 자식을 두었다. 아들 둘에 딸 여섯. 본디부터 허약 체질에 자식까지 많이 낳다 보니 올망졸망 먹여 살리기도 힘겨웠으리라. 양푼에 보리밥을 하나 가득 퍼 담아 밥상에 올려놓으면 열이서 먹어대니 바닥이 금세 드러날 지경. 그나마 장모님의 음식 솜씨는 남달랐다. 어부들이 낚아온 고기로 요리를 자주 하다 보니 그 실력이 늘 수밖에. 장모님이 차려준 밥상을 처음 대했을 때 그릇들을 죄다 싹쓸이했던 기억이 아련하다. 간이 딱 맞고 감칠맛에다 정갈함이 배어 있었다.

장모님에게도 입에 딱 맞는 게 있었다. 홍시였다. 일반 감보다 알이 굵고 부드럽고 달았다. 기관지를 어루만져 주는 데 효험이 컸다. 어느 딸이 제 어머니 구미를 꿰뚫고 있었는지 홍시를 한 상자 사 왔다. 기쁨은 컸고 그것을 고방에 감춰 두고서 몸이 불편할 때마다 하나씩 꺼내 먹으며 심신을 추슬렀을 것이다.

감춰둔 게 어설펐나. 어느 딸이 친정집에 오면서 아이들을 데려간 게 탈이었다. 장모님이 마실을 다녀오는 사이, 손자 녀석이 집안 구석구석을 헤집고 다니다가 홍시를 발견. 그 홍시로 애들과 잔치를 벌였으니 남아날 리가 없다.

집에 돌아온 장모님은 경악했다. 평소 화를 내지 않던 분이다. 먹다 남은 홍시가 이리저리 흩어져 있는 걸 보자 화가 치밀어 딸을 나무랐다. "애들을 잘 단속해야지 이게 뭐야. 내가 아플 때 하나씩 꺼내 먹는 건데 이 모양으로 만들어 놓다니." 이만저만 격노한 게 아니었다. 그 일이 가족들에게 전해지고 나서야 홍시를 좋아하는 걸 알게 됐다.

장모님이 떠나가신 지 25년. 세월이 그렇게 흘렀건만 처가댁 얘기가 나오기만 하면 옛 생각에 잠기게 된다.

그것은 아내가 맏이였기 때문. 박봉에 의지해서 애들 넷을 키우며 근근이 살아온 나날이었다. 처가댁을 돌볼 여유가 없었다. 좋아하는 홍시 한 번 사드린 적이 없으니 어찌 한이 되지 않겠는가. 이순을 넘긴 장모님에게 섭섭한 일들이 적지 않았다. 그 섭섭함을 맏이에게 하소연이라도 할라치면 위로는커녕 윽박지르는 소리만 해 댔으니. 외로움이 뼈에 사무쳤으리라.

최근 들어 아내가 땅이 꺼지라고 한숨을 쉰다. 애들을 결혼시키고 손자들을 보고 나서야 자연 어머니의 처지랄까 심정을 알게 됐나 보다. 홍시를 대할 때마다 어머니를 되뇌는 걸 보면 낌새를 알 만하다. 보통 후회하는 게 아니다. 가슴이 갈래갈래 찢겨지는지 탄식에 탄식을 거듭한다.

되돌아보면 나도 무심했었다. 병마에 시달린 장모님이 아닌가. 천식은 숨쉬기가 힘겨워지는 병인데도 한 번도 병원에 모셔가지를 못했다. 요즘 나오는 천식약을 그때 한 번만이라도 써 봤더라면 여한이 없었을 텐데, 그냥 지나쳤다는 죄책감에서 벗어날 수 없다.

고희를 훌쩍 넘기고서야 뭔가 보이나 보다. 지난 일들이 후회로 다가온다. 정신을 차리고 효도를 하려고 하나 부모님은 기다려주지 않는다는 절규가 가슴을 친다.

다음 장모님 기일에는 제상에 홍시를 올리면 마음이 조금이나마 풀릴는지.

중용. 어느 쪽으로도 치우침이 없는 상태나 정도
를 이름이다. 물은 평형을 이루려 몸부림치며 높
은 데서 낮은 데로 흐른다. 시소와 양팔 저울에
서 보듯, 물은 언제 어디서나 한 치의 흐트러짐
도 없이 접점을 찾아내고 수평을 유지한다.

6부

아귀

인생은 뜬구름이요 허무요 언젠가는 무의 세계로
돌아가야 한다는 것을 알고 있다. 노자의 세계를
따르기가 벅차기도 하지만 이제 서서히
인생을 재음미할 때가 되고 있지 않을까.

역주행

　밤중이다. 농로를 벗어나 일주도로로 들어선다. 한숨 돌리고 제주시로 향하다 그만 질겁한다. 반대 방향에서 느닷없이 차량이 내가 달리는 코스 정면으로 달려들고 있지 않은가.

　눈을 치뜨고 '어~어, 왜 저래.' 앞을 응시하던 나는 감당키 어려운 사태에 직면한다. 차량들이 나를 향해 떼를 지어 달려들어서다. 그제야 역주행했음을 안다. 온몸에 소름이 돋고 식은땀이 난다. 아내도 "거꾸로 왔잖아. 이를 어째." 하며 발을 동동 구른다.

　다행이었다. 달려들던 차량이 앞에 멈춰서더니 거기에 탑승한 사람들이 손가락질해댄다. 손을 들어 사과하며 잽싸게 후진 중에 오른쪽에 가드레일이 설치된 걸 발견한다. 어처구니가 없다. '어떻게'를 되뇌며 얼마를 후진하자 가드레일이 설치되지 않은, 차선을 바꿀 수 있는 곳에 이른다. 손을 들어 미안함을 대신하며 차선을 바꾼다. 마음이 가라앉는다.

　농촌에 사는 형 댁을 다녀오는 길. 오랜만의 해후라 이런저런 얘기들을 나누다 보니 밤이 이슥하다. 지름길이 있다는 말에 용기를 냈다가 농로로 들어선 것이다.

낯선 길을 얼마나 달렸을까. 한 모퉁이를 돌아 나서자 차량들 불빛이 눈에 들어온다. 일주도로다. 뜸을 들여 주변을 살핀 뒤 큰길로 들어서야 했다.

역주행이라니. 자책에 자책을 반복한다. 서둘렀고, 일이 잘못되고 있다는 걸 인지하지 못한 채 빨려 들어간 게 원인. 한참을 질주하고 나서야 그것을 깨달았지만 그때는 어찌해 볼 수 없는 상황에 다다르고 만다는 게 역주행의 실체.

다시는 그런 일이 없어야겠다고 다짐한다. 하나 지난 내 발자취를 되돌아보니 숱하게 역주행으로 점철돼 왔음이 드러난다. 보증을 섰다가 되레 친구를 잃었으며 댄스를 배우다가 헛되이 시간만 낭비하는 결과를 낳았다.

요즘 정부 여당의 위세가 대단하다. 국민이 한쪽으로 힘을 실어 준 결과이다. 균형 감각이 상실됐으니 앞으로 어떤 정치 행태가 나부낄지 짐작이 안 된다. 다만 국민들이 역주행했다는 것만큼은 깨달아야 하지 않을까.

다시는 내 생전에 나를 비롯한 누구에게든 역주행이 없기를 바랄 뿐이다.

내 마음속의 붓다

 45년 전 봄기운이 모락모락 피어나는 계절, 사범대학을 갓 졸업한 교사가 내가 근무하는 촌구석으로 부임해 왔다.

 처음 만나 의례적으로 악수를 나누고서는 관심을 꺼 버렸다. 초짜였지만 눈빛이 매서운 게 상대하기가 녹록지 않을 것 같아서다. 제주시에서 출퇴근한다며 오토바이를 몰고 다니는 것도 맘에 거슬렸다.

 그런 관념이 며칠 만에 뒤바뀌었다. 어디서 주워들었는지 일부러 나를 찾아와 "바둑 두십니까?" 하며 살갑게 다가오는 게 아닌가. 워낙 바둑에 관심이 많았던 터라 얼떨결에 "그런데요." 하고 반갑게 맞이한 것이다. 그는 내게 붓다와 같은 존재가 되고 말았다.

 초짜 선생은 바둑 둘 준비가 돼 있었다. 가방에 양손을 펼칠 때 크기의 바둑판에다 거기에 걸맞은 바둑알까지 준비하고. 더욱 나를 감동으로 이끈 것은 그의 바둑 실력. 일급이라니. 상상할 수 없는 기력을 가진 자가 내 앞에 모습을 드러냈으니, 어찌 기쁘고 놀랍지 않을 수 있으랴.

 고위 공직자인 아버님으로부터 물려받아선지 예의가 깍듯했다.

붙임성도 좋아 아내가 무척 그를 좋아했다. 일과가 끝나기 무섭게 숙직실에 모여들어 바둑에 빠져들기 일쑤여서 땅거미가 지고 나서야 헤어졌다. 잠시나마 떨어짐을 아쉬워하며. 어떤 때는 차량 통행이 빈번한 신작로에 바둑판을 펼치고서 바둑을 두었으니 얼마나 그 세계에 몰입했는가를 알고도 남음이 있겠다. 덕분에 나도 바둑을 보는 시야가 넓어졌다고 할까.

얼마 후 초짜 선생은 어여쁜 아가씨와 결혼했다. 애지중지하던 오토바이를 처분하고 내가 사는 옆집으로 짐을 꾸려 이사 온 것이다. 갓 결혼했으니 깨가 쏟아지는 신접살림이 아닌가. 옆집이긴 하나 감히 넘볼 수 없는 경계선이 그어져 있는 것이다. 저녁 식사 후 조용히 수업 준비에 골몰하고 있는데 "이 선생님." 하며 나를 찾는 소리가 들려온다.

초짜 선생이었다. 무료하다며 바둑 한판만 가서 두자고 성화다. 이건 예의가 아니라면서도 무슨 자력에 이끌리듯이 신접살림하는 곳으로 떠밀려 갔다. 집에 들어가자 어색함이 밀려 왔다. 사모님에 대한 미안함으로 한 판만 두고 곧 나가려고 했으나 어디 바둑이 한 판으로 끝날 일이던가. 시간이 흐르고 흘러 새벽닭이 우는 소리를 듣고 나서야 자리를 털었다. 집에 들어와 잠깐 눈을 붙이고 출근하려니 아내가 양심이 있느냐며 따발총을 쏘아댄다

그런 일이 한두 번으로 끝났으면 얼마나 다행이랴. 거의 매일 이어지다시피 했다. 초짜 사모님도 단념했는지 당연한 일로 받아들이는 성싶었다. 나도 스스럼없이 드나들다 보니 내성이 생겨 날이 갈수록 미안함도 사그라져만 갔다.

그 당시 나는 바둑에 심취했다고 할 수 있다. 휴식을 취하거나 책을 보거나 학생들과 수업을 할 때도 바둑돌이 머릿속을 뱅뱅 맴돌았다. 동양화를 즐기는 사람에게서 화투장이 천장에 날아다니는 것과 별반 다르지 않았다.

학교생활은 다람쥐 쳇바퀴 돌듯 돌아간다. 주당 24시간 수업에 보충수업, 날마다 쏟아지는 공문서, 그리고 학급 일에 매달리다 보면 짬을 내기가 쉽지 않았다. 그런 와중에도 어떻게 하면 바둑 둘 시간을 마련할 것인가에 골똘했다.

고사 기간에는 바둑 두기가 더욱 어려웠다. 눈코 뜰 새 없이 바빠서다. 출제를 시작으로 채점과 함께 성적일람표를 작성하고, 출석부 정리에 생활기록부까지 깔끔하게 손질하려면 많은 시간이 소요됐다. 일을 한 번으로 마무리할 수 없다. 착오를 방지하기 위해 두세 번의 점검은 필수다.

그래도 나는 다른 교사들보다는 스피드를 갖췄다고 여겼다. 중학교 다닐 때 주산을 배워서다. 집에서 떠듬떠듬 성적처리를 하고 있는데 초짜 선생이 일감들을 가지고 그의 집으로 가자고 조르는 게 아닌가. 일감을 들고 옆집에서 그와 같이 부지런히 채점하고 있는데 손이 어떻게 빠른지 어느 틈에 일을 끝내고서는 "뭘 그리 느리게 하느냐."고 나를 다그치는 게 아닌가.

바둑 일급이 아무렇게나 매겨진 게 아니라는 사실. 두뇌 회전이 빠르다는 걸 실감하며 나 자신이 한없이 작아지는 감이 들었다. 채점한 것을 일람표에 옮기는 것을 도와주던 선생은 이젠 일람표의 좌우로 합산하는 것을 사모님에게 맡기고서는 어서 바둑을 두자고 성화다. 주산 실력이 경지에 이르렀으니 금방 끝낼 수 있다고 호언 장담한다.

초짜 사모님은 성적처리에 고심 중인데 우리는 신선놀음에 빠졌 으니, 그렇게 양심이 바닥인 사람들이 어디 있으랴. 사모님이 일을 다 끝마쳤는지, 기다리고 있는지 잠들었는지 알 바가 아니었다. 도 낏자루가 썩어 가는 줄도 모르고 삼매경에 도취했다가 닭이 홰치 는 소리에 놀라 일어섰으니.

하지만 그 시절은 오래 가지 못했다. 군에 입대하라는 입영통지 서가 초짜 선생에게 날아든 것이다. 무더위가 한창일 무렵 그는 반 년 만에 내 곁을 떠나갔다. 꿈결 같은 시간이었다. 한없이 서운했 다. 그는 내게 바둑이라는 미지의 세계를 열어줬고 우정의 향긋함 을 알려 줬다.

내게도 그런 추억이 있었다. 순수했고 아름다웠다. 다시는 이룰 수 없는 열정과 낭만, 그리고 우정이 시골 학교에서 피어난 것이 다. 그는 내 마음속의 붓다. 그 시절이 그립다. 다시 한번 그 시절 로 돌아갈 수 있으면 좋으련만.

70대 중반의 늙은이는 아직도 그런 열정의 삶을 꿈꾸며 살아간 다.

불안이라는 질곡

겨울로 들어서는 길목, 일찍 일어나 인근 교정을 걷는다.

먼동이 트기에는 아직 이르다. 머리 위로 먹장구름이 뒤덮여 달 님도 하늘 어딘가로 떠도는지 감 잡기가 쉽지 않다. 다행인 것은 가로등이 희끄무레 어둠을 밝히고 있고 아파트에서도 불빛이 새어 나와 주변을 살피는 데 별 어려움은 없다.

나 혼자여서일까, 긴장의 끈을 늦출 수 없다. 눈과 귀가 극도로 열려 있다. 새들과 풀벌레들 소리마저 괴괴하다. 교정에 나 홀로라 는 고적함에다 우뚝우뚝 서 있는 정원수에 달라붙은 그림자들이 금방이라도 튀어나올 것 같아 눈을 치뜨게 한다. 인적이 그립다. 차량들이 적막을 깨며 지나가지만 그것도 잠시, 세상은 침잠의 세 계로 빠져든다. 나 홀로라는 적막함이 나를 불안으로 떠미나 보다.

10여 분이 지났을까. 앞쪽에 어른거리는 물체 하나. 뾰족한 모자 가 달린 검정 점퍼를 걸치고 있어 누군지 알 만하다. 팔순이 넘어 보이는데도 매일, 이 교정의 트랙을 도는 할머니다. 그제야 불안이 봄눈 녹듯 사라진다. 마음이 안온해진 것을 쓰다듬으며 알 수 없는 사람의 심사를 되짚어 본다. 무슨 사단이 벌어지면 전혀 도움이 안

되는 노인에 지나지 않지만 어찌 이리도 반가운지. 피식 웃음이 번진다. 도대체 불안이란 게 무엇이기에 어려서부터 지금까지 늘 내 곁을 맴도는 걸까.

내 코흘리개 시절은 혼돈의 세상이었다. 제주에서 일어난 4·3은 숱한 슬픔을 잉태했다. 생명의 위협을 느낀 아버지가 홀로 일본으로 건너가셨다. 어머니의 나이 스물일곱에 이별이라니. 그때부터 어머니는 시부모를 모시며 두 남매를 부양하는 멍에를 걸머진 것이다.

어머니의 한 많은 삶은 어린 내게로도 몰아닥쳤다. 온갖 고난을 감내하면서도 오직 상봉할 그 날만을 손꼽아 기다리던 어머니에게 청천벽력 같은 소식. 아버지가 삶의 동반자로 여인 한 분을 맞이했다는 얘기를 전해 들은 것이다.

실로 어머니의 충격은 컸다. 천지가 무너지는 단장의 아픔. 발을 동동 구르며 울부짖던 장면이 아련하다. 전화도 별로 없던 시절, 그 소문의 진위를 가리려고 상상의 날개를 달며 수소문하느라 밤잠을 설치기를 얼마였던가. 앞을 가로막는 동해가 심히 원망스러웠으리라. 핏발선 눈으로 나와 여동생을 불러 세우곤 "나도 어디론가 떠날 터이니 그리 알고 너희들만 잘 살아." 하며 울먹이던 말씀.

가타부타할 수가 없었다. 어린 녀석에게 무슨 항변이 있으랴. 고개를 푹 숙인 채 눈물 훔치기에 바빴다. 그저 어머니의 눈치를 살필 뿐 위로의 말 한마디 건네지 못했다.

그 뒤부터 어머니의 행방이 묘연하기 일쑤였다. 간혹 집안 곳곳 어디서도 어머니가 보이지 않았다. 가슴이 철렁, 내 심연을 뒤흔들었다. 온종일 어머니를 찾아 헤매다 보니 좀처럼 일이 손에 잡히지 않았다. 자꾸만 남의 집 머슴으로 일하는 자신을 그려보곤 했다.

어머니는 무당에게 소원을 의뢰했나 보다. 새벽에 소복 차림으로 집을 나와 축원을 드리다 인적이 끊긴 밤길을 달빛 밟으며 터벅터벅 집으로 돌아오는 심사를 어떻게 헤아릴 수 있을까.

내 불안은 필연이었다. 성장하면서 학업에 대한 압박감에다 미래에 대한 불투명함으로 대학을 마칠 때까지도 그것은 내 곁을 맴돌았다. 교사 시절도 수업과 학생들에 시달려 수업 준비에 골몰하느라 자정 넘기기를 밥 먹듯 했다.

늘 불안을 낀 삶이었다. 유년 시절, 친구들이 배를 움켜쥐고 배고파할 때 나는 정신적인 충격에 휘말려 있었다. 돌이켜보면 벗들이 보릿고개의 참담함에서 벗어날 수 없었던 거나 내가 겪었던 불안은 백지 한 장 차이가 아닐까 싶다. 오히려 나보다도 벗들이 생존의 갈림길에서 더 발버둥 치지 않았을까.

인간이 세상에 존재감을 드러낸 이후 오늘에 이르기까지 불안은 늘 감정의 한 축을 이뤄 왔다. 21세기로 들어서면서 불안이 일반화되고 일상화되고 있다는 점에 주목할 필요가 있다.

불안을 캐기 시작한 것은 실존철학의 선구자 키에르케고르다. 그는 "불안은 개인의 문제이자 인간 존재를 규정짓는 영역이다."고 설파했다. 오직 인간만이 지니고 있는 고유의 감정이라는 것이다. 그런 점에서 불안은 저마다 다르지만 누구에게나 공통적으로 나타난다는 점에서 보편성을 지닌다고 할 수 있다.

불교의 세계를 들여다보면 수도승들은 불안으로부터 자유로워지기 위해 몇십 년 동안 도를 닦는다고 하지 않는가.

최근, 아침 뉴스를 시청하다 보면 좌불안석에 빠진다. 어린이집에 아이를 맡기고 나오기가 찜찜해서다. 겨울철에 계속되는 화재는 나를 심란 속으로 빠뜨린다. 혹여 내 아이가 왕따를 당하고 있지는 않은지 신경이 곤두선다.

우리 사회가 떠안고 있는 최대 고민은 청년 실업이다. 무한경쟁 시대여서 취업이 수백 대 일의 관문이니 낙타가 바늘구멍을 통과하는 격이랄까. 고용불안의 시대에 취직의 관문을 통과했다 하더라도 언제 구조조정을 당할지 알 수 없는 현실이다.

불안은 늘 우리 곁을 따라다닌다. 한 집안의 식구들도 모두 나름의 불안을 껴안고 살아간다. 연령의 많고 적음, 신분의 귀천을 떠나 누구나 그것을 지니고 살아가기에 동물이 아니라 인간이라는 반열에 서게 된 것이다. 그게 있다는 것은 그만큼 만족하지 못하다는 뜻이고 노력하면 해소하며 충족할 수 있는 기회를 만들게 되므로 가능성을 열어두는 게 아닐까.

그러므로 불안은 개개인의 심리적 병리 현상으로 치부하는 질곡에서 벗어날 필요가 있다. 그것을 양산하는 가정과 사회, 국가적 불안을 받아들이면서 이를 해결해 나가는 계기로 삼음이 어떨까. 그러할 때 그것은 그저 기피해야 할 대상이 아니라 능동적인 역할로 뒤바뀌게 되지 않을까 싶다.

그렇다. 인간은 불안이라는 질곡이 있기에 위대한 것인지도 모른다.

쉰까지 헤아림처럼

차임벨이 울린다.

일어나야 하는데 눈꺼풀이 자꾸만 웬수같이 달라붙어 눈이 감긴다. 이불 속이 따뜻하다 보니 빠져나오기가 쉽지 않다. 겨우 옷을 주섬주섬 껴입는다.

새벽 운동에 매달린다. 생활 리듬이 토막 나는 게 싫어 새벽에 몰아서 걷기에 도전하고 있다. 집에서 동네 학교 교정까지는 5분 거리. 손뼉 치며 걷는다. 그것도 앞에서 한 번 뒤에서 한 번 손뼉을 마주치며 걷는다. 어깨 통증을 가라앉히는 데 도움이 되는 것 같아 손을 놓을 수 없다. 그런 마주치기를 삼백 번이나 하란다.

삼백까지 헤아리려면 꽤 신경을 써야 한다. 처음부터 쉰까지 헤아린 것을 한 묶음으로 해서 또다시 쉰까지 반복적으로 하다 보면 나중에는 그 묶음이 몇 다발인지 헷갈린다. 그런 일이 반복되자 아예 백까지 헤아려 나가기로 마음을 다잡아 보지만 그것 또한 쉽지 않다.

유년 시절부터 돈을 만졌다. 어머니가 점방을 낸 덕분이다. 하루 일과가 끝나면 반드시 돈을 정리했다. 지폐를 종류별로 분류한 다

음 쉰 장을 한 묶음으로 한 뒤 두 묶음을 하나로 모아 백 장을 만들
어나갔다. 아마 그 당시도 쉰이 넘어가면 죽을 쒔기 때문에 안전장
치로 쉰까지만 헤아렸나 보다.

그래서인가, 쉰까지의 헤아림은 거침없이 이뤄진다. 물이 흘러가
는 것처럼 매끄럽게 나아간다. 설령 옆에서 누가 말을 걸어오고 어
깨를 툭툭 친다 해도 개의치 않고 그대로 헤아려 나갈 수 있다.

쉰부터가 문제다. 예순을 지나 예순아홉에서 일흔, 일흔아홉에서
여든으로 넘어가노라면 어디선가 걸린다. 물론 정신을 집중하면
일흔이든 여든이든 어쨌든 넘어가지만 문제는 매끄럽게 넘어가지
않음에 있다. 백까지도 쉰까지의 헤아림처럼 걸리지 않고 할 수 있
도록 연습해야겠다.

인생살이가 쉰까지 헤아릴 때처럼 삶의 지평을 열어나갈 수는
없을까.

'비누의 미학'이라는 글을 쓴 적이 있다. '비누의 종착은 무의 세
계로 돌아가는 데 있다.'라며 법정 스님의 '비움'을 재조명했다. 그
글은 내게 감동으로 다가왔다. '비누가 닳아 없어질 최후의 순간까
지도 그 본분을 다하도록 존중함이 어떨까.'란 문구는 비누를 접할
때마다 떠오른다.

그 구절이 나를 옥죌 줄이야. 존중하기가 쉽지 않기 때문이다. 비
누는 세월을 타고 허리가 잘록한 모양새였다가 결국 두 도막으로
잘린다. 처음 도막 난 것들은 비누다운 대접을 받지만 세월은 그들
을 쪼가리로 만들며 무관심 속에 내동댕이쳐진다.

딜레마에 빠진다. 비누 쪼가리를 어르고 달래며 비움을 완수하

도록 도와주려고 하지만 마음대로 되지 않는다. 기이하게도 쪼가리들은 거품이 잘 일지 않는다. 걸핏하면 자잘하게 부서져 사용하기가 불편하기도 하려니와 작업 반경을 이탈하기 일쑤다. 그 쪼가리를 그만 내다 버리고 싶은 충동이 목까지 차오른다.

그럴 땐 내 마음은 성난 파도와 같다. 욱하는 심정이 하늘을 찌른다. 작품에서 밝힌 내 신념이 와르르 무너져 내리려는 순간이다. 그걸 보면 나는 아직도 덜되었음을 자인한다. 쪼가리를 아무 데나 내동댕이치고 싶은 충동. 그것을 억누르기보다는 하던 일을 잠시 접고 한 박자 템포를 늦춰 보려 애를 쓴다.

이치는 매한가지. 수필은 내면세계를 그려내는 장르다. 하나의 수행과정이라 할 수 있다. 내 행위를 들여다보는 자가 없다고 비누 쪼가리를 아무렇게나 버리는 것은 말과 행동이 일치하지 않는 행위가 아닌가. 글을 쓰는 자가 작품에 이반하는 행위를 한다면 불가의 파계승과 무엇이 다르랴. 인격을 고양해 나가는 일이 우선돼야겠다.

무슨 일이건 자연스러워야 한다. 비누 쪼가리가 비움을 완수하도록, 그 본분을 다하도록 도와줘야 한다는 인식에서도 벗어나야 한다. 마치 쉰까지 아무런 잡념 없이 헤아려 나가는 것처럼 무아지경에서 일을 끝낼 수 있다면 얼마나 바람직할까.

인간은 어떤 사념에 구속되는 걸 싫어한다. 그러면서도 그 굴레를 벗어나지 못해 아웅다웅하는 게 우리네 삶이다. 비누 쪼가리에 연연하며 말과 행동이 일치하지 않는다고 파계승 운운하는 것을 보면 나도 어쩔 수 없는 존재임을 부인할 수 없다.

중국 춘추시대의 노자가 생각난다. '도덕경'을 통해 무위의 도를 내세웠다. 인위적이고 의식적인 모든 것을 부정하며 그런 것들에서 벗어난 상태를 '자연'이라고 했다. 자연이란 불행에 빠뜨리는 가치판단이나 사회적인 구속으로부터 해방된 상태를 뜻한다. 그것은 인간 본연의 회복이며 모든 구속으로부터의 해방, 곧 절대적인 자유의 추구였다

하지만 글로벌사회로 들어선 오늘날 그런 삶을 살아갈 수 있을까. 삼국지의 총아 제갈공명은 한실 부흥이라는 명제를 끝까지 붙들 수밖에 없었으며 사람들은 돈과 명예, 권력이라는 사슬에 묶여 단 한 발짝도 더 나아가지 못한다. 오늘날의 석학들도 모두 한 아름의 과제를 풀기 위해 머리를 싸매고 있다. 누구나 멍에를 이고 살아가기 마련이다.

비누 쪼가리 하나도 감당하기 어려운 존재다. 다만 인생은 뜬구름이요 허무요 언젠가는 무의 세계로 돌아가야 한다는 것을 알고 있다. 노자의 세계를 따르기가 벅차기도 하지만 이제 서서히 인생을 재음미할 때가 되고 있지 않을까.

쉰까지의 헤아림처럼 절로 그렇게 되기를 바랄 뿐이다.

아귀

대문이란 집안을 단속하며 가정을 수호하는 관문이다.

집을 지은 지 30년이 지났다. 대문의 잠금장치도 같은 세월의 무게를 지닌다. 언제부턴가 그 장치가 여닫기 역할을 제대로 하지 못한다. 이제 운신이 고단하다는 건지 문을 들어 올리며 밀어야 간신히 제자리에 박히곤 한다.

2층에 다른 가족이 산다. 한 집에 두 살림이니 사람들 출입이 잦을 수밖에. 탕 탕 탕 대문 여닫는 소리가 안방까지 들려오면 '그놈의 잠금장치가 기어이 망가지는구나.' 하고 걱정하게 된다. 그것을 구입해 새로 매달면 끝날 일이건만 취급하는 곳을 찾지 못하겠다. 주변 철물점에는 그런 게 없다 하니 그도 딱한 노릇이다.

대문을 끈으로 묶어 담벼락에 맞대 놓았다. 낮 동안 대문을 열어 놓자 요란하던 대문 소리가 잠잠해졌다. 출입이 자유로워지니 거침없이 사람들이 드나든다. 하수상한 세상이라 긴장의 끈을 놓을 수 없다.

밤에도 대문이 휘영청 열려 있는 경우가 많다. 누가 다녀가는지 도통 모르겠다. 2층 식구들이 밤에 나다니다 닫는 걸 잊고 마는 수가 적지 않아서다. 젊은 애들이라 우리가 부탁하는 얘기를 맘속에 담아두지 않나 보다.

조카가 골칫거리를 풀어줬다. 제삿날, 친족들이 모인 자리에서 대문에 대한 고민을 털어놓자 조카가 도와주겠다고 나선 것이다. 며칠 후, 조카가 직장으로 나가면서 집에 들렀다. 대문을 여닫아 보던 그는 잠금장치는 온전한 데 오랜 세월 탓에 매단 위치가 틀어 져 버려, 암놈과 수놈의 아귀가 맞지 않아서 그런다는 게 아닌가.

드라이버로 잠금장치를 풀어낸다. 그 장치를 암놈과 눈높이를 맞춘답시고 올리고 내리기를 몇 번 반복하더니 끝났다며 다시 드 라이버로 고정하는 게 아닌가. 그 장치의 느슨함으로 인해 여러 해 를 시달리다 보니 반신반의하게 된다.

닫아 봤다. 매끄럽게 잠금장치가 '철커덕' 하며 암놈과 꽉 맞물리 는 게 아닌가. 전과 달리 여닫을 때의 여운이 부드럽다. 오랜 고민 하나가 봄 눈 녹듯 해결되다니. 지금까지 지나치게 여닫다 보니 피 로에 찌들어 꼼짝 못 하는 줄로 알았다. 아귀를 맞추는 게 중요함 을 지금에 이르러서야 알았다.

어긋난 아귀를 맞추는 일이 내 몸에서도 일어났다. 인생의 막바 지를 향해 질주하고 있어서인가, 건강상의 고민이 늘어만 가더니 그만 턱의 아귀가 틀어져 버린 것이다. 어금니를 빼고 임플란트 처 치를 기다리는 중이었다. 어금니를 빼 버려서 그런가. 상·하악골 이 만나는 지점에 있는 왼쪽 악관절의 틀이 틀어지기 일쑤다.

입을 벌리기가 힘겹다. 밥을 먹으려 입을 벌리면 왼쪽 악관절이 '쩍' 하며 어깃장을 놓는다. 크게 벌렸던 입을 다물기라도 할라치면 상악골의 관절이 닿아서는 안 되는 하악골의 거대한 뼈와 마주치는 느낌이다. 암초를 만나 어쩔 줄 모르고 입을 벌려 '아아' 소리만 내지르게 된다. 마주친 관절이 바스러지기라도 할 것 같은 형국이다. 조심스레 맞춰야 겨우 입을 다물 수 있다. 입을 조그맣게 '벌려' 입속에 먹을 것을 조금씩 떠 넣어야 하니 곤혹스럽기 그지없다. 하품하기는 더욱 조심스럽다.

어째서 악관절이 자꾸만 틀어지려는 걸까. 대문의 잠금장치가 제 위치를 벗어나 여닫이가 수월치 않은 것처럼 내 턱관절도 어금니가 빠져버리자 틀이 맞지 않아서 그러나 보다.

아귀를 껴 맞추는 일은 턱관절에서만 요구하는 게 아니다. 몸의 곳곳에서 필요하다. 처고모부가 당뇨병을 앓아 몇 년에 걸친 투병이다. 시난고난하다 보니 혈관이 좁아지거나 막혀 버려 각종 합병증에 시달린다. 고혈압을 비롯해서 신장과 망막의 손상을 초래하기도 한다. 칠십 대 중반을 넘긴 시점에서 처고모부가 처한 상황은 발가락 두 개를 절단한 데 있다. 그걸 절단하자 걷는 데 이만저만 불편한 게 아니다. 균형이 맞지 않으니 절름거리게 되는 건 당연하지 않을까.

그런 아귀가 정치권에서는 더욱 필요하지 않을까. 지난 3월 초순, 의회를 통과한 김영란 법. 오랜 세월 관행적으로 이어져 오던 부정부패의 사슬을 끊고 선진사회로 나아가기 위해 발의한 법이다. 온 국민이 주시하며 열망해 왔다. 문제는 법을 제정하는 국회의원들에게 있다. 이 법에 공직자들을 묶어 놓고서 자신들은 슬쩍 빠져나갔으니 절름발이 법이 되고 말았으니.

법도 아귀가 맞아야 한다. 사회가 원활히 돌아갈 수 있도록 시스템에 균형을 맞춰야 한다. '누구는 되고 누구는 안되고.'의 사고방식은 특권의식에서 비롯된 것이다. 균형을 갖춘 좋은 법을 만들어서 누구나 수긍하며 살아갈 수 있는 사회가 도래했으면 하는 바람이다.

새삼 균형이 잡혀야 만사가 형통함을 통감한다. 아귀를 맞추는 일은 틀을 바로 잡고 기반을 제대로 조성해 건강사회로 나아가는 지름길이다. 나도 하루속히 치아를 교정해 악관절의 아귀를 맞춰야겠다.

양변기에 앉는 남자

　겨울의 길목, 바람 따라 굴러다니는 낙엽들을 대하자 마음이 스산하다.

　빗자루를 들고서 마당을 비질한다. 낙엽을 쓸어 모으는 도중 구석진 곳에 대추 알 만한 게 보였다. 새의 배설물이다. 색깔이 까매 직박구리 배설물로 여겨졌다.

　녀석을 떠올리자 웃음이 절로 난다. 직박구리는 아무 데서나 실례를 범해 욕을 먹는다. 전깃줄에 앉아 길가에 세워둔 내 차의 범퍼에, 공중을 날면서 지나가는 사람들 머리 위로 싸 갈기기도 한다.

　새는 자유롭다. 창공을 마음껏 날갯짓하면서 용변을 볼 수 있다니. 양변기 같은 거추장스러운 걸 따로 마련하지 않아도 되고. 나도 새가 됐으면 하는 바람이 한때 있었다. 어째서 그런 생각이 들었을까. 양변기를 터부시하는 마음이 자리 잡았었기 때문이다.

　용변은 생리적 현상이다. 먹은 만큼 내보내는 것은 당연한 일. 남자는 서서, 여자는 앉아서 일을 보는 것은 동서양을 망라하고 불문율에 속한다. 양변기가 등장하기 전에는 누구나 웅크린 자세로 큰

일을 봤다. 그런 자세를 견지하다 보니 그리 굳어졌나 보다.

그런 자세를 받쳐준 게 변기다. 인간의 굴곡진 삶을 그대로 반영한 것이니 얼마나 자연스러운가. 인간은 여기에 만족하지 않았다. 얼굴을 찡그리지 않고 용변을 편히 볼 수 있도록 고안된 게 양변기다.

그 양변기가 나를 코너로 몰아넣을 줄이야. 아내가 거기에 편히 앉아서 큰일이든 작은 일을 보라는 게 아닌가. 어처구니가 없어 "사내란 작자가 어찌 그럴 수 있냐."고 분통을 터뜨렸다. 화장실에 오줌이 튀어 지저분하기도 하려니와 다들 그렇게 한다고 역공이다. 앞으로 튀지 않도록 조심하겠노라고 얼버무려서 그 자리를 피했다.

그 후 나는 바깥 화장실을 주로 이용했다. 오밤중에 바깥 출입한다는 게 불편했지만 내 생각을 꺾을 수는 없었다. 하지만 세월이 약이었다. 집사람의 요청을 따라주지 않을 수 없는 사건이 끼어든 것이다.

여름으로 접어들 무렵이면 장마가 찾아든다. 온 천지가 빗속에 잠기면 공기마저 물기를 머금고 마루를 비롯한 집안 곳곳이 눅눅해진다. 이쯤 되면 자주 옷장을 열어 확인하지 않을 수 없다. 미리 세탁소에 갔다 온 양복들이 얌전히 있는가를 살펴야 한다.

양복은 지난 내 삶을 연결하는 끈이다. 그걸 보면 어디서 만들어졌으며 어떤 행사에 입었던가를 알 수 있다. 조금은 색깔이 퇴색해 낡은 감이 들어도 옷장에 고이 간직하고 있다. 그것들이 여름철만 되면 곰팡이 앞에 쩔쩔맨다. 미리 양복을 햇볕에 쪼이고 제습기를

돌려도 터진 물꼬를 막을 수 없다. 어느 시점에 이르면 허연 반점
이 군데군데 생기고 때로는 거미줄처럼 가지를 치며 번창 일로다.

그렇게 아끼던 양복들이 손상을 입다니. 어서 손을 봐야 한다. 세
탁소로 가기 전에 세심하게 어느 부분이 손상을 입었는지 헤아려
둘 필요가 있다. 아래 바지가 곰팡이의 주 공격대상임이 밝혀진다.
고개를 갸웃거리지 않을 수 없다.

어째서 곰팡이들이 바지를 집중하여 공략하는 걸까. 그들이 진
치고 있는 곳은 바지 아래쪽에서도 안쪽에 치우친 감이 있다. 그
부위에 그들을 유혹하는 게 있나 보다.

희미하게 떠오르는 게 있다. 서서 일을 본 게 화근이라는 생각이
스멀스멀 고개를 든다. 아무리 조심해도 미세 물방울이 튀어나올
것은 정한 이치. 그런 것이 누적되고 누적돼 지린내가 박힌다는 사
실. 세탁소에서 정성 들여 드라이클리닝을 해도 약품으로 조물조
물하는 것이기에 그걸 지우기엔 한계가 있지 않을까.

비교실험이 필요했다. 양변기에 앉아서, 그리고 앞에 서서 일을
봐 봤다. 그것은 뻔한 일이었다. 서서 봤을 때가 문제였다. 용변을
끝낸 후 손으로 바지를 훑어보니 물기가 배어 있지 않은가. 그걸
코로 갖다 대자 오줌 냄새가 진동했다.

고집을 부려선 안 된다는 생각. 예부터 내려오던 관습이며 불문
율이라 할지라도 고칠 것은 고쳐야 한다는 생각이 머리를 들었다.
그 뒤부터 양변기에 앉아서 용변을 봤다. 처음에는 '사내자식이 이
게 무슨 꼬락서니람..'하는 자책이 일기도 했다. 자주 접하다 보니
평상심으로 돌아가서 자연스럽게 걸터앉는 자신을 발견했다.

다만 쥐꼬리만 한 명분이라도 건질 수 있었으면 하는 바람이 일었다. 그런 마음을 지니고 있으면 뜻은 이루어지는 것인가. 어느 TV에서 가수 '현미'의 경험담이 방영됐다. 양변기에서 용변을 볼 때 약 10분간 온몸에 마사지를 계속하니까 몸의 흐름이 좋아졌다는 게 아닌가.

시도해 보았다. 멍하니 있는 것보다는 나름대로의 동작을 하는 게 바람직하겠다는 생각에서 가슴을 비롯한 곳곳을 두드려댔다. 계속 반복하다 보니 짚이는 게 있었다.

이 안마라는 동작이 잠자는 나를 흔들어 깨울 줄이야. 전립선의 상태가 좋지 않은 나로서는 양변기에 앉아 오랫동안 기다려야 했는데 흉곽을 가볍게 쳐대면 그 자극이 복부로 파급돼 신호가 스르르 오는 것이었다. 신기했다. 어째서 이런 일이 일어나는 걸까. 흉강에 인 파문이 온몸으로 퍼지고 가로막의 출렁거림이 방광에 전해져 오줌길을 튼 것이다.

나비효과가 떠올랐다. 나비 한 마리의 펄럭임이 증폭돼 거대한 폭풍으로 변할 수도 있다는 가설. 내 인체에서 그런 효과가 일어나다니. 인체의 신비를 체험하는 순간이었고 뜻밖에 고민하나를 덜게 된 것이다. 현미 씨에게 고마운 마음이 들었다.

직박구리처럼 자유롭지는 못하지만 이제는 스스럼없이 양변기에 앉아 일을 본다. 몸의 곳곳을 안마하며.

장돌뱅이

　제주시민속오일장을 찾았다. 4월이 이우는 마지막 장날, 아침부터 서둘렀다. 장은 한산하리라 여겼건만 그건 잘못된 바람이었다. 차량 행렬이 연 이어져 장터 주변을 돌고 돌아서야 겨우 주차할 수 있었다.

　코로나19 여파로 '집콕' 생활이 유행처럼 번졌다. 바깥출입을 삼갔다. 마실은 걸어서 다녀오거나 자가용을 탔다. 전화로 필요한 걸 주문하는 일이 잦다 보니 재래시장이 역할을 상실하는 결과로 이어졌다. 친목 모임이 줄줄이 취소되고 지인들과의 만남도 내키지 않아 했다. 타격이 별로인 제주가 이럴진대 대구 경북의 참상은 오죽할까.

　오일장, 이곳은 다른 세계로 비친다. 사람들로 넘실대고 거리낌이 없다. 사회적 거리 두기가 귀 따가울 정도로 요란한데도 이곳은 다르다. 마스크를 하고 있으나 인파에 떠밀리는 형국이니 어떻게 간격을 유지하랴. 까닥하면 서로 뒤엉켜 발등을 밟힐 수 있는 상황. 그나마 사고가 나지 않은 것만도 다행이다.

　비상 국면 상황에서 오일장이 붐비는 건 납득이 안 간다. 편한 걸 쫓으며 바쁜 일상이 전개되는 오늘, 굳이 이런 곳을 찾을 필요가 있을까. 더구나 코로나19라는 세계적 고민을 아랑곳하지 않는 모양새여서 어안이 벙벙하다.

요즘은 마트며 편의점이 곳곳에 있다. 우리 동네에도 여러 곳이어서 맘에 드는 곳을 골라 다닌다. 전화 한 통화면 원하는 물품을 주문할 수도 있는데, 부러 시간을 내어 복작복작한 오일장을 찾아 나설 필요가 있을까.

오일장에는 어떤 바람이 불기에 사람들을 불러들이는 걸까. 인파에 떠밀려 한쪽 귀퉁이에서 잠시 숨을 고르던 나는 남루한 차림의 할머니들이 야채 몇 줌을 가지런히 늘어놓고 하염없이 앉아 있는 걸 보자 옛날이 아스라이 회상됐다.

유년 시절, 생활이 궁핍하긴 매한가지였다. 돈 마련하기가 하늘의 별 따기였다. 자식들이 월사금 달라 손 내밀어도 달리 방도가 없었다. 돈이 될 만한 게 있으면 장터로 가져갔다. 끼니 참으며 아껴뒀던 보리쌀, 모으고 모아뒀던 달걀 꾸러미를 성내로, 인근 장터로 허위허위 발품 팔며 가용을 해갈했다.

장날, 부산하게 움직이는 사람들이 있었다. 옆집은 돼지를 사육해 장에 내다 파는 게 일과였다. 꿀잠에 빠진 돼지들을 소달구지에 태우는데, 말귀를 알아들을 녀석이 어디 있으랴. 돼지 멱따는 소리가 새벽 공기를 한참 가르고 나서야 소동이 멈췄다.

이제 잠잠해져 눈 좀 붙일까 하는데 두런거리는 소리가 들린다. 장돌뱅이 트럭이 신작로에 도착한 것이다. 장날에 포목을 여는 삼촌이 동네에 산다. 장터에 내다 팔 포목 뭉치들을 트럭에 싣고 가야 한다. 여러 사람이 '영치기 영차' 하며 그것들을 들어 올리느라 한바탕 소란을 피워야 잠잠해진다. 진정한 장돌뱅이들이다.

트럭에는 짐으로만 채워지는 게 아니다. 장돌뱅이 여인들은 트럭 위에 짐짝이 돼 목숨 건 새벽 질주가 펼쳐진다. 비 가림막이 어디 있으랴. 겨울철이면 뼈를 파고드는 혹한이 엄습했으나 그대로 이겨 내야 한다. 제주 여인들의 강인한 삶을 오일장에 갈 때마다 되씹어 보곤 한다.

오륙십 연대에는 상거래가 주로 오일장에서 이뤄졌다. 서민들의 삶을 해결하는 데 큰 도움을 줬다. 장돌뱅이들도, 일반 서민들도 장이 서기를 손꼽아 기다렸다. 필요 물품이 장에 널렸다. 생필품이며 제수용품도 장에서 사야 했다. 돼지를 내다 팔거나 포목을 취급하는 전문 상인들도 있었지만 돈이 궁해서 밭풀 팔며 아끼던 보리쌀 같은 것들을 짊어지고 장터로 향하는 서민들.

내가 사는 동네에서는 장이 서지 않았다. 중학교 마지막 학년일 때, 심부름으로 애월 이모 댁에 갔다가 장을 처음 봤다. 장터는 사람들로 흥청거렸다. 사는 사람은 더 싸게 사려고, 파는 사람은 한 푼이라도 더 받으려고 흥정하는 소리로 요란했다. 삶의 현실이 치열하게 재현되고 있다는 걸 그 오일장에서 어렴풋이나마 깨달았다.

오일장에는 삶의 무게를 짊어진 여인들로 넘쳐난다. 삶의 전선에 뛰어든 젊은 분들도 있겠지만 연세가 지긋한 분들도 있다. 텃밭에서 손 쓰다듬던 야채며 과일들을 들고나와 손님들을 기다리는 그 정경이 애틋하다. 궁핍했던 옛 시절의 향수를 일깨워주고 있다고 할까.

　그대로 지나칠 수가 없다. 할머니들 앞으로 다가가 애호박 시금치 브로콜리들을 끌어안았다. 할머니들 안면에 뽀얀 미소가 피어오르는 걸 보자 갑자기 어머니의 모습이 떠올랐다. 고무신 끌고 성내 시장을 오가던 정경이 투영돼서다.

　또다시 장터 이곳저곳을 돌아본다. 아침보다 더 사람이 몰려든 것 같다. 장터 곳곳을 둘러보는 모습이 여유롭기까지 하다. 굳이 무엇을 사려는 게 아닌 듯, 그냥 천천히 지나치고 있다. 집에 박혀 있기가 무료했으리라. 바람 쐐 잠시나마 해방감을 맛보며 옛 정취를 느끼려는 일탈로 비친다.

　가끔 오일장을 찾는다. 고향의 옛 정취를 느끼며 주름 깊은 장돌뱅이 여인들을 만나고파.

접점

코흘리개 시절, 체육 시간은 나를 멍들게 했다.

보건체조에 이어 '2인 3각' 달리기. 두 명이 한 조가 돼 발목 한 짝씩을 끈으로 동여매고 같이 뛰는 경기다. 이건 백 미터 달리기와 는 또 다르다. 조를 이룬 둘이서 서로 호흡이 척척 맞아야 앞서 나 갈 수 있다. 나는 길 건너편에 사는 옆집 친구와 한 조가 돼 힘껏 뛰었으나 뒤처지고 말았다. 서로 엇박자만 놓으니 어디 맘먹은 대 로 달릴 수 있으랴. 아이들은 어기적거리며 뛰는 우리 모양새를 보 며 배를 부여잡고 깔깔거렸다. 민망했다. 뛰고 나서 우리는 서로 남 탓만 하며 입을 삐쭉거렸다.

2인 3각. 협동이 필요하지 않은 경기가 어디 있으랴만, 그 중요 성을 그리 간명하게 일러주는 경우는 흔치 않다. 자주 반복하다 보 니 트이는 게 있었다. 담임선생은 협동이라는 말을 반 아이들에게 무언으로 일깨워준 것이다.

트이는 구석이란 게 뭘까. 경기하려면 뜀박질에 능한 아이라 할 지라도 뛰지 못하는 아이와 더불어 발을 맞춰야 한다. 그것은 둘이 서 "하나둘" 하고 구령을 붙이고 짝짜꿍하며 앞으로 나가는 합일점을 찾았다는 뜻이다.

나는 몸이 부자연스러웠던 적이 있다. 나이 오십을 넘기면서 왼쪽 다리를 한 달가량 질질 끌었는데 허리에서 연유한다는 진단이다. 예민한 신경을 풀어줘야 했다. 물리치료와 민간요법을 병행하며 온찜질한 게 효험이 있었으나 임시방편일 뿐이었다. 무리했다 싶으면 허리며 엉치등뼈가 묵직하고 당기며 아렸다. 그걸 스트레칭으로 풀며 이제껏 무마해 왔다.

어쩌다 심히 아려 몸져누울 때가 있다. 내가 신뢰하며 계속해 왔던 스트레칭이나 온찜질에 매달려 보나, 그 효과가 지지부진하면 어쩔 수 없이 병원 문을 두드리게 된다. 의사는 내게 허리를 감싸고 있는 근육을 강화하라며 걷기를 권했다. 이왕이면 빠른 걸음으로 걸으란다.

나는 거리 산책을 즐겨 왔다. 이제 한들거리며 다닐 계제가 아니라 내 앞에 불어 닥친 일부터 해결해야 했다. 병원을 다녀온 그 날 저녁은 결연한 의지로 집을 나서 신산공원 산책로로 들어섰다. 공원 안에는 걷는 사람들로 가득했다. 노인네들 틈새에 사오십 대의 젊은이도 섞여 있었다. 계속 단련해서인지 대부분 발걸음이 빨랐다. 몸이 자유롭지 못한 나는 뒤쫓을 엄두가 나지 않았다.

신기했다. 일주일이 지나자 허리 아픔이 많이 누그러졌다. 엉치등뼈 근방에 묵직함이 없어졌다가도 다시 나타나곤 했다. 그 정도의 아림은 늘 있어 왔기에 개의치 않고 날마다 부지런히 속보로 걸었다. 얼마 후에는 다른 사람들을 따라잡아 앞서 나가는 재미까지 생겼다.

하지만 탈이 날 줄 뉘 알았으랴. 발목이 아리기 시작한 것이다. 처음에는 조금 시큰거렸는데 속보로 걸으면서 그 아픔의 강도가 점점 심해지더니 통증이 발목 전체로 퍼져나가 걸음을 옮기는 게 여간 힘들지 않았다.

우선 아픈 발목부터 치료해야 했다. 발목 치료에 좋다는 발목 돌리기를 한다. 워낙 아팠는지 쉬 낫지 않지만 끊임없이 돌리며 생각에 잠긴다. 어떻게 하면 허리와 발목 모두에 맞는 접점을 찾을 수 있을까 하고.

접점이라. 두 평행선이 진동하다 보면 언젠가는 서로 상응하여 두 선이 만나는 지점이 생긴다. 두 선이 평행을 달리다 합일하는 점, 그게 접점이다. 그것은 사람이 살아가는 인생 여정에 비바람을 뚫고 피어나는 햇살 같은 것이어라.

허리와 발목이 나를 옥죄며 놓지를 않는구나. 허리를 강화하려면 잰걸음으로 걸어야 하나 발목에 평안을 가져오려면 거북이걸음이어야 한다. 어느 한쪽을 위한다면 다른 쪽이 못 살겠다고 안달을 치니 양쪽을 고려한 걸음발. 그것이 어느 즈음에 있는가를 찾아내는 게 접점이다. 허리를 다스리면서도 발목이 아리지 않는 점, 그 접점을 찾아내고 행하는 일은 중용에 이르는 여정이다.

중용. 어느 쪽으로도 치우침이 없는 상태나 정도를 이름이다. 물은 평형을 이루려 몸부림치며 높은 데서 낮은 데로 흐른다. 시소와 양팔 저울에서 보듯, 물은 언제 어디서나 한 치의 흐트러짐도 없이 접점을 찾아내고 수평을 유지한다. 사람들은 그런 물성을 보며 덕행을 닦기 위해 심신을 추스른다.

심신이 물처럼 고요하면 중용에 다다를 것이다. 언제 어디서나 흐트러짐이 없어야 하겠지만 인생 여정 속 그렇게 살아가는 사람이 몇이나 될까. 감정의 기복이 심한 게 인간이다. 화나면 분노하고 슬프면 눈물을 펑펑 쏟으며 기쁘면 가슴을 활짝 열고 크게 웃어야 한다. 그런데도 중용은 명경지수를 가지라고 한다.

사람은 보다 나은 삶을 희구하니 경쟁에 휘말릴 수밖에 없다. 배고프면 뭔가를 먹어야 하고 추우면 더 옷을 껴입어야 한다. 그런 가난뱅이가 어쩌다 부자가 되면 더 부를 축적하기 위해 갖은 수단과 방법을 다한다. 이런 판국에 인간이 도달해야 할 지향점인 중용을 아무리 강조한들 귀에 들어가겠는가. 소귀에 경 읽기다.

중용의 길목에 위치한 접점부터 찾는 게 어떨까. 한 발짝씩 뒤로 물러서서 합일점을 구한다면 어떤 어려움도 뚫고 조율할 수 있는 길이 열리리라.

우리 미래는 아이들에 달렸다. 그들이 굳센 기상과 당찬 포부를 지닌 인재로 거듭나길 바란다. 예의 바르고 친절함이 배어난다면 금상첨화겠지. 하지만 어쩔 것인가. 요즘 아이들을 소황제라 칭한다. 안하무인이 따로 없다. 핵가족이 자리 잡으며 불거진 현상이다. 아이가 하나둘뿐이어서 부모는 아이들을 애지중지하며 '오냐 오냐' 하다 보니 버릇없이 자란 것이다. 잘잘못을 구분해 칭찬과 질책의 신축적인 접점을 찾아 인간다운 품격을 지닌 사람으로 키워 나가야 한다.

나도 한 발짝 뒤로 물러섬이 어떨까. 허리와 발목 모두에게 무리를 주지 않으면서 건강을 챙길 수 있는 걸음 발. 그것은 보폭을 늘

려 걸으면서도 스피드를 조금 누그러뜨려 걷는 것이다. 그러면서
도 발목 운동을 게을리해서는 안 된다. 혹여 나이 지긋한 할머니가
나를 앞서가더라도 그러려니 하자. 내 나름대로의 행보여야 한다.

　유년 시절의 2인 3각, 그게 접점으로 되살아났다. 이런 생각이
주변으로 파급되고 번져나가 더욱 밝은 세상이 도래했으면 싶다.
그 체육 시간이 못내 그리워진다.

해프닝

여행은 스토리를 끊임없이 만들어내는 곳간인가.

백두산 여행 일정이 끝나 장춘공항 대합실로 들어섰다. 이제 비행기를 타고 제주로 돌아가는 일만 남았다. 어느 순간, 오후 2시 반에 출발한다던 전광판 화면이 오후 5시 반으로 바뀐다. 아무런 안내방송도 없이 달랑 글자만 바꿔버린 것. 일행 모두가 만만디 정신을 탓하며 서로 웃고 만다.

시간이 정지된 양 느릿느릿 간다. 일행들이 도리도리 둘러앉아 얘기꽃이 한창이다. 지난 6월 지방선거의 맹점을 신랄하게 성토하는 중에 식사가 나왔다.

여행 경험이 별로 없는 나로서는 의아했다. 두 시간 이상 연체되면 공항에서 식사를 제공한다는 것이다. 도대체 무슨 사연이 있기에 탑승객들에게 식사를 제공하며 그리하는지 의문스러웠다.

식사를 받아들었다. 조금 전, 여행 만찬을 마지막으로 성대하게 치러서인지 음식이 당기지 않는다. 멀거니 앉아 사방을 둘러본다. 모두 밥을 꾸역꾸역 입속으로 집어넣고 있다.

조바심이 일었다. 잘못하면 나 혼자서 밥을 먹을 수도 있겠다는 생각에 나무젓가락을 집어 들었다. 한 수저를 입속에 넣고 씹기 시작했다. 시간을 끄는 의미에서 밥알을 헤아리며 먹었다. 그렇게 먹으니까 시간도 잘 가고 뱃속에서도 반기는 성싶다. 물까지 들이켜고서 우연찮게 전광판을 바라보니 이게 웬일인가.

또 시간이 7시 반으로 바뀐 것. "이런 젠장." 무심코 말이 거칠게 나온다. 식사 대접하고 나서 슬그머니 이륙시간을 바꿔버린 것. 해도 너무 한다는 생각이 든다.

어쩔 수가 없다. 말도 모르는 데다 여기는 중국이 아닌가. 그들의 막무가내 운항 관습을 이미 들어 알고 있으며 10년 전에 체험하기도 했다. 더 기다릴 수밖에.

ㅂ선생이 내가 앉아 있는 언저리로 자리를 옮아온다. 열 받은 기색이 역력하다. "사람의 본질적 욕구는 어느 정도 채워주어야 하는데 이럴 수 있는 겁니까."

시간이 지연됨에 분개해서 그러려니 했다. 그게 아니었다. "우리가 오후 1시 반경에 여기 왔는데 지금이 몇 시입니까. 다섯 시간 이상을 쫄쫄 굶었습니다. 누구나 생존권이 있고 담배 피울 권리가 있는데 그런 여지를 모조리 뺏어버렸으니 이런 경우가 어디 있습니까?"

그제야 ㅂ선생이 담배 생각이 간절한 걸 알아차렸다. 금단증상이 나타나는지 손까지 떨리는 성싶다. 얼마나 괴로울까 하는 마음에 "화장실에서 몰래 살짝 피우면 될 텐데." 하자 대합실로 들어오기 직전 검사장에서 라이터를 뺏겼다고 한다.

ㅎ선생이 담배 피울 공간을 알아보겠다고 나선다. 일행들은 말

도 모른 주제에 의사를 어떻게 전달할 거냐며 앉으라고 권한다. 때마침 공항 정복으로 차려입은 앳된 여성이 대합실로 들어선다. ㅎ선생이 잽싸게 "헤이" 하며 부른다.

그 여성은 영문도 모른 채 우리 쪽으로 다가온다. 목에 이름표를 매단 거로 봐서 공항직원이다. 키는 작지만 눈이 둥글어 야무져 보인다. ㅎ선생이 "다바꼬" 하고서 입으로 손을 가져가 담배 피우는 시늉을 한다. 손으로 사각을 그려 "메이크" 하고서 정중하게 인사하고서 손을 내밀어 선처를 바란다. 담배 피울 공간을 마련해 달라는 뜻이다.

그 몸짓언어는 웃음을 자아낸다. 담배를 뻐끔뻐끔 피우는 시늉은 한 편의 코믹이었다. 시가를 물어 담배 연기를 깊숙이 들이마셨다가 내뿜는 동작을 반복하자 그 공항직원도 빙그레 미소를 짓는다.

지겨움에 겨워 어쩔 줄 몰라 하던 좌중이 일시에 웃음바다로 변한다. 웃음을 참지 못하고 "으하하" 크게 웃어 제킨다. 그 소리가 대합실 전체로 퍼져나가는지 사람들이 무슨 일인가 의아해하며 우리 쪽으로 시선을 모은다.

공항직원의 태도는 단호하다. 고개를 흔들며 중국어로 뭐라 한다. 아무도 그녀의 말을 알아듣지 못한다. 이해할 수 없는 건지, 피워선 안 된다는 뜻인지 종잡을 수 없다. 보다 못한 내가 "스페이스" 하며 네모를 그렸지만 그녀는 고개만 흔들어댄다.

알아듣지 못한 거로 여겼는지 ㅎ선생은 손을 입으로 가져가 담배 피우는 시늉만 반복한다. 그 너스레는 우리들에게 자꾸만 웃음을 선사한다. 모두 깔깔거렸다.

그 웃음이 도를 지나쳤나. 얼핏 주위를 살펴보니 중국 여행객들이 우리 일행을 빙 둘러싸고 있지 않은가. 아차 했다. 중국 여행객 하나가 공항직원에게 말을 걸더니 언쟁으로 비화되는 조짐이다. 그게 도화선인가. 여기저기서 공항직원을 향해 속사포를 쏘아댄다. 되레 싸움을 부추긴 형국. 그녀는 기죽기는커녕 의연하게 맞받아치며 넓은 공간으로 그들을 유도한다.

그 사단은 우리 곁을 떠나갔다. 중국 여행객들이 공항직원을 빙 둘러싼다. 무슨 말이 오가는지 알 수 없지만 비난의 화살이 폭풍처럼 쏟아진다. 까닥하면 소동으로 번질 기세. 그걸 알아차렸는지 공항직원은 말대꾸를 삼간다. 그런데도 중국 여행객들은 그녀를 놓아주지 않고 계속 둘러싸고 있다. 족히 10여 분은 지났으리라.

그런 공항직원에게 탈출구가 생겼다. 두 사람이 대합실로 들어서더니 그녀에게 따라오라고 한 것이다. 그녀가 쪼르르 따라가는가 싶더니 금세 전광판의 글자들이 지워지며 빨리 들어오라는 손짓을 보내오는 게 아닌가.

대합실로 들어선 사람은 조종사와 스튜어디스였다. 3층 식당에서 식사를 하던 그들은 아래층에서 폭동에 버금가는 소동에 아뿔싸 하고 내려온 성싶다. 시간 바꾸기를 밥 먹듯 한 것이다. 우리나라에서는 상상할 수 없는 일이 이곳에서는 스스럼없이 자행되고 있는 것이다. 분노가 치밀었다.

여행은 새로움과의 만남이다. 외국이어서 손짓 발짓할 수밖에 없다 보니 예기치 못한 사건으로 번진 해프닝이었다. 그것은 문명과 문명의 충돌. 우연히 엮인 스토리 하나가 꿈쩍도 하지 않던 거대 조직을 노크하고 바라는 바를 일궈 낸 것이다.

오늘도 그때의 몸짓언어를 떠올리면 입가에 미소가 번진다.

작품 서평

東甫 김길웅

인생을 발효해 얻어 낸
자득自得의 맑은 눈

-두 번째 수필집 『번지다』를 조명해 본 月村 이용익의 수필

東甫 김길웅(시인·수필가·문학평론가)

1_

이용익(이하 아호 월촌)은 2005년에 등단해 2010년에 첫 수필집 『석양의 메시지』를 상재한 중견작가다. 나와는 학교 동창생이면서 지기지우(知己之友)로 매우 임의로운 사이다. 게다가 최근까지 15년간 소수 정예를 지향해 온 '동인脈' 멤버로 문학의 길까지 동행해 왔으니, 새삼 인연의 막중함을 헤아리게 된다.

등단해 16년에 첫 작품집 이래 10년, 그는 과작(寡作)이 아님을 알아, 두 번째 작품집을 낼 때가 차고 넘쳤다. 다그친 것은 나였다. 몇 번인가 성화(?)를 냈더니, 고개 끄덕이며 미소로 화답했다. 안면에 파문으로 번지던 미소가 초가을 볕처럼 다스해, 흡사 월촌의 온후 다감한 성품을 대하는 듯했다.

사실, 나는 월촌의 그 미소에서 가장 인간적인 수필의 민낯과 늘 조우해 왔다. 수필을 인간학이라 한다면, 월촌은 그 인간학의 실체를 이미 태생적으로 품고 있었던 게 아닌가. 이것은 단순한 직

감이 아닌, 작지 않은 발견이었다. 그것은 바로 월촌의 수필가로서의 작가적 재능이자 개성이었다. 그래서 월촌의 수필은 그의 삶의 무게를 감당하리만치 중후한 데다, 살며 곰삭아온 시간만큼 철학적이고 반조적(返照的)인 사유에 침잠해 있을 것이다.

수필은 자칫 표면의 직관에 집착한 나머지 나태의 늪에 빠져 버릴 수 있는 개연성에 노출되기 쉽다. 개성이 결여되기 때문인데, 이 점은 그냥 간과할 수 없는 대목이다. 수필에 작가의 개성적 시각이 없으면, 발 담그고 사는 일상사를 나열한 한낱 산문에 머물러 버린다. 수필은 지식의 축적, 신변잡사의 기록이 결코 아니다. 인생 혹은 인간에 대한 의미의 재발견이며 그것의 재구성·재해석임을 간과하지 말아야 한다.

더 나아가, 작가의 인식이 녹아 있는 메시지의 미적 조형성(造形性)이 수필의 위상과 품격을 한 층위 높여 결정 짓는다. "수필을 쓰는 법이 있다고 해도 안되고, 쓰는 법이 없다고 해도 안된다."고 했다. 그렇다고 과거로 회귀해 '붓 가는 대로'로 퇴행해선 안된다.

자연발생적인 수필에서 보다 적극적·인위적인 창작 태도로의 전환이 요구되는 시점이다. 수사적 쾌락의 도구로 즐기는 수준에서 수필을 써서 안되는 이유다.

우리가 미처 생각지 못한 것, 우리가 잊어버리고 살아가는 것들을 다시 일깨워 주는 것이 수필이라는 인식을 재확인할 필요가 있다.

나는 월촌의 『번지다』에서 오래 발효해야 좋은 누룩이 되고, 좋은 누룩이 좋은 술를 빚는다는 정한 이치를 다시금 일깨운다. 월촌

수필이, 인생 체험의 깊이와 그 경지에 따라서 빛깔과 향훈을 낼 수 있음을 여실히 보여주고 있다. 인생에서 향기가 나야 수필에서도 향기가 난다는 것이다. 이 말은 수필은 픽션과 달리 거짓과 상상을 동원할 수 없다는 것, 수필은 체험을 제재로, 사실을 토대로 한 고백과 토로의 문학이며, 그러기 때문에 인생의 경지에 따라 수필의 경지가 달라질 수밖에 없는 것이다.

월촌의 수필에서 나는 번득이는 형형한 '자득(自得)의 눈'을 대하고 있다. 그것은 사람들이 두 눈 멀쩡히 뜨고 있으면서도 보지 못하는 것을 저만이 알아보는 눈이다. 보이는 곳 너머에 있는 보이지 않는 것까지 찾아내 그 가치를 깨닫는 탐구와 탐색의 눈이기도 하다. 인생을 충분히 발효해 얻어 낸 깨달음의 눈은 밝고 맑다.

60편의 작품을 끝까지 다 읽고 빠져들어 무심결에 꺼내든 글제가 '인생을 발효해 얻어 낸 자득의 맑은 눈'이다.

월촌은 이제, 『번지다』에다 등단 16년 이후 연단(鍊鍛)해 온 필력과 칠순의 끝자락에 잔뜩 등에 지고 선 인생의 중량을 부려놓았다. 참 홀가분할 것이다. 시멘트의 혼합비율을 상정해 보면, 콘크리트처럼 그의 작품들이 얼마나 유효하게 견고할 것인가를 알 것이다.

2_

갈이는 삶과 죽음의 갈래와 뜻을 같이 한다. 생명은 유한한 것, 일 년을 살다 떠나는 잎사귀들이나. 예순을 채우지 못하고 생을 마감한 진시황이나 다를 게 있는가. 결국 모두 자연으로 돌아가고 마는 것을. 불로장생한답시고 발버둥 친 게 촌극으로 남아 인구에 회자되는 것을 보노라면, 잎사귀들이 대지로 회귀하는 게 더욱 의연하다 할 수 있지 않을까.

이제 갈이에 대비하는 삶속으로 들어가야 할 시점이다. 머리는 허예지고 눈은 침침하며 매사에 활력이 없는 걸 어쩌랴. 우연히 문학의 길에 들어서 동인들을 만나 행간을 노닐며 의미 있는 나날을 십여 년이나 누렸다. 앞으로 더 정진한다 해도 도토리 키 재기가 될 게 자명하다. 촉망받는 후배에게 길을 터 주는 게 갈이의 참뜻이라고 여긴다.

— 〈갈이〉 중에서

낙엽수만 아니라 상록수도 수시로 잎을 떨군다. 잎갈이로 떨어진 잎들은 나무 아래대지를 이불처럼 덮었다가 눈비에 썩어 문드러져 부엽토가 된다. 낙엽귀근(落葉歸根), 모체가 더 무성하게 영양을 대 주는 거름이 되는 것이다. 갈이는 묵은 것과 새것이 교체하는 거스를 수 없는 순환법칙으로 우주의 섭리 같은 것, 본래 태어난 곳으로 돌아가는 귀소 본능이다. 마당을 쓸며, 무의식중 떨어져 나뒹구는 잎에 이입돼 버린 월촌, "이제 갈이에 대비하는 삶속으로 들어가야 할 시점"이라며 자신의 늙음을 어찌할 수 없는 사실로 받아들이면서, 그 순간 돌기처럼 일어선 촉이 자신의 문학이 걸어온 길을 되짚는다.

'오늘 아침에도 이 마당쇠는 어김없이 빗자루를 들고 마당으로 나온다. 마당으로 떨어지는 바늘 꼴 잎들을 갈이와 이별을 동일선

상에서 되새김질하며 주워 담는다.'

결말에 빠져들었다. 빗자루질, 갈이와 이별의 되새김질의 적절한 배합에서 새로운 감흥을 만들어 내고 있어 기교가 돋보이는 대목이다. 음미할 일이다.

완벽 신뢰를 구축해야 할 항체가 삐딱할 경우도 있다. 이물질의 방어에 전력해야 할 녀석이 나의 경계를 넘어 내 몸을 적으로 오인하고 마구 공격을 감행하는 것이다. 기가 찰 노릇이다. 류마치스성 관절염이 그런 메커니즘에 기인한다. 고름을 짜내 도려내면 그만이지만 항체는 혈청 속에 꼭꼭 숨어 암약하니 손을 대기가 쉽지 않다. 최종 수호신이 거꾸로 내 몸을 공격하니 어찌 당할 수 있으랴.

어젯밤의 거스러미는 내게서 잘려 나간 객체다. 일단 떨어져 나갔으니 나와는 상관이 없는 것이다. 하지만 서운함이 가시지 않은 걸 어쩌랴. 큰 틀에서 보면 그게 개미의 입이 아니라 생명공학자의 손에 들어갔더라면 문제는 달라질 수도 있지 않을까.

— 〈너와 나의 경계〉 중에서

수필은 논리적인 글은 아니나, 그렇다고 논리를 배제하지 않는다. 오히려 제재의 선택이나 구성 전개에 따라 독자와의 교섭을 원활히 하려면 논리적인 입장에 설 필요가 있다. 논리에서 동떨어지면 산만에 흘러 설득력을 놓칠 것이기 때문이다. 이 수필은 그 논리를 바닥에 깔면서 또한 복잡한 얼개를 끌어안게 설계된 특이한 구조로 단순하지 않다.

'찢겨나온 거스러미→개미의 먹잇감(객체화)→국경 분쟁으로의 확산→병원체의 침입→백혈구의 저항→사체인 고름이 돼 몸을 공격→항체(몸을 적으로 오인해 공격해 옴. 류마치스성 관절염)' 병원균인지 몸인지 경계를 짓지 못하면 피아(彼我)가 애매모호해진다. 우리는 이러한 몸속에서 경계를 잊고 와중에 벌어지는 악전고투를 모른 채 살다 종국에 환(患)을 당한다.

월촌은 고등학교에서 오랫동안 생물을 가르쳤다. 수필은 전문적 지식을 요구하지 않으나 전문성을 부여한다고 나쁘지 않다. 지식정보 시대를 풍요하게 하려면 적정 지식정보는 요긴하다. 이 작품은 인체 내부에서 일어나는 병원균에 대한 방어기전이 때로 역행함으로써 방어와 공격의 대립 관계가 돼 신비하게 그 경계를 넘나듦을 눈으로 보듯 내보이고 있다.

약지에 생긴 거스러미에서 항체에 이르는 경계의 구분이 이리저리 얽히더니, 가지런한 논리 위에 결말을 이끈다. '나와 너의 경계가 모호하다. 형제간이라 하더라도 장난감 하나 놓고 울고불고 하지 않는가. 내 몸속도 그런 성싶다.'

오랜 숙고를 거치면서 탄탄한 논리의 이점을 잘 살리고 있는 수필이다. 인체 내부에서의 공격과 방어라는 경계선상의 암투를 '장난감 하나 놓고 울고불고하는' 형제간의 경계로까지 전이·접목시킨 통합적 사고는 놀라운 것이 아닐 수 없다. 작품 속에 알이 꽉 박혀 있어 평범한 듯 난해하고 난해하되 다시 되돌아보게 한다.

버스가 덜컹대며 달린다. 의자에 앉은 나도 덩달아 흔들린다.

버스가 터미널을 지나는 중이다. 휴대폰을 꺼내놓고 카톡을 들여다본다. 벗으로부터 건강 정보가 답지된다. 고마움의 댓글을 단다. 검지로 문자들을 조합해 나가나 헛손질이 심하다. 무릎 위에 휴대폰을 고정해 놓고 엄지로 치니 잘된다. 엄지의 진가를 실감한다. 손을 쫙 펴 엄지손가락을 어루만진다. 손가락 중에 제일 짧고 굵기도 하려니와 두 마디로 돼 별스럽다. 검지를 중지로 가져간다. 끝이 맞닿기는 하나 마주 대할 엄두를 못 낸다. 다른 손가락들도 마찬가지다.

엄지는 다르다. 아무 손가락이나 마주 대할 수 있다. 마주 대해 고루 어루만질 수 있다는 것은 교감이 이루어지고 배려와 겸손의 미덕을 지니고 있음이다. 그래서 엄지인가.

겸손의 반대말은 오만이다. 가득 찬 데서 유래하나 자기만 잘났다고 우쭐댈 뿐 주변을 살피지 않는다.

다시 한번 엄지를 들여다본다.

— 〈엄지〉 전문

장편(掌篇) 수필이다. 짧게 줄여 쓴다고 다 되는 게 아니다. 짧은 만큼 메시지를 응축시켜야 하는 특성을 잘 살림으로써 장르로서의 독자성을 극대화할 수 있어야 한다. 압축, 요약. 생략, 암시의 기법을 유효 적절하게 구사해야 하므로 쉽지 않다. 이 점 시에 근접한다. 본질에 정통해야 함은 물론 언어구사력도 수준에 도달해야 함의 의미한다. 그런 만큼 내공을 필요로 하는 장르다.

월촌은, '엄지'라는 객체의 존재적 근원성과 그 존재감에 적중하게 관찰안을 작동함으로써 보편적 공감대를 획득해 놓았다. 두세 번 거푸 읽으면 왜 이런 재해석이 가능한지 와 닿을 것이다. 순우리말로 쓴 것 같다. 난해하면 독자와 괴리된다. 명작이 되려면 독자와의 공감대 형성이 필수다. 얼마나 쉽게 쓰면서도 사리를 꿰찼는가. 월촌은 이 장편수필 한 편만으로도 이미 경지에 들어선 작가다.

　　감회가 깊었다. 햇볕을 얼마 만에 맛보는 건가. 어둠이 하염없이 이어지는 지루한 나날이었다. 웬일일까. 주인은 나를 맨손으로 쓱 문지르며 먼지를 털어내는 시늉을 하더니, 왼손으로 내 목을 덥석 잡는 게 아닌가. '그렇게 붙잡으면 어떡해?' 하고 소리 지르려는데, 갑자기 자기 어깨며 어깻죽지를 겨냥하고 왕래 치빙하는 게 아닌가.

　　목이 아픈 것이다. 목디스크라 할까, 한참을 그러다가 손을 바꿔 또 그 짓이다. 내가 요긴하게 쓰이기는 하는 모양. 아무렴 어쩔 것인가. 나도 지금까지 억눌린 감정과 분노를 실어 마구 두드려댔다. 신바람이 났다. 몸이 후끈후끈했다. 얼마의 시간이 지났을까. 주인이 지쳐 소파에 몸을 뉜다. 나를 가슴에 안은 채로.

　　주인 몸에 안기다니. 내가 이렇게 소용되는 존재가 됐는가. 절로 어깨가 으쓱해진다.

— 〈계륵의 약진〉 중에서

아침 운동으로 리듬체조를 할 때, 손가락에 끼워 공중제비하던 방망이를 의인화해 흥미롭다. 처음에 줄넘기와 함께 늘 사용하다 운동으로 관절에 이상이 오면서 오랫동안 밀폐된 공간에 처박힌 신세가 됐더니, '외로움을 털 수 있는 기회'를 맞아 부활한다. 주인이 나를 갖고 자기 어깨를 겨냥하더니 신바람 나게 치빙한다. 오랜 세월 이도 저도 아닌 계륵의 신세가 됐다 종내 약진하게 된 것이다. 석양을 향해 걸어가는 주인에게 소용되는 존재가 됐다고, 어깨 으쓱해진다고 했다.

화자는 결말에서 "기다림이 보람의 싹을 틔웠나, 밀폐된 공간에서 새롭게 길이 펼쳐졌으니."라 했다. 행운을 맞았다는 것이다. 직설하지 않고, 운동기구에 자신을 이입해 그것의 한때의 처지를 실감 나게 풀어냈다. 사물 속으로 들어가지 않으면 감정이입이 되지 않는다. 사물과 일체가 돼 돌아보는 월촌의 시선이 얼마나 촘촘하고 따뜻한가. 주객(主客) 사이에 간극이 없다.

가슴 졸이며 살아온 세월이었다. 유년 시절에는 상점이라는 공간이 나를 유폐시켰고, 학창 시절에는 학업을 뒤쫓아 가지 못해 주눅 들었다. 교사 생활도 순탄치 못했다. 내성적이고 말수가 적어 조직의 중심에서 비켜설 수밖에 없었다.

지난날의 허망함을 날려 버리련다. 허리가 구부정하기 시작한다고 한탄만 할 게 아니다. 딛고 일어서야 한다. 남은 생을 아름다움으로 채우고 싶다. '그것은 이 순간에 무엇을 생각하고 무슨 일에 전념하고 있는가.'에 따라 달라질 것이다. (중략)

온갖 고난이 몰아치더라도 끄덕하지 않고 견뎌내며 돌파할 수 있는 힘을 내 안에 담는 것, 곧 수양이다.

　바람 빠진 풍선을 본다. 머나먼 길, 제2의 활로인 뱃심을 키우기 위해 오늘도 숨쉬기 수행으로 들어간다.

— 〈뱃심〉 중에서

　인생길에 누구에게나 굴곡은 있다. 월촌에게도 '가슴 졸이며 살아온 세월' 속의 기다림과 번민과 절망 그리고 고뇌의 날들이 있었다. 홀연, 노년의 자신을 직시한 월촌은 뱃심을 키워야겠다고 작심하고 국선도장을 찾는다. 고희를 맞아 오름의 정상을 딛고 섰다 하강길로 접어든 자신을 발견한 게 직접적인 계기다. '인지 능력은 바닥이요 숨은 차고 다리가 후들후들 떨려 자칫 불의의 사고라도, 하는 불안감마저 든다.'며 욕심을 낸 것이다.

　비록 늘그막이지만 '뱃심'을 키워야겠다고 나선 과감한 선택은 쉬운 게 아니다. 고희에 이르면 자신의 몸에 소홀하거나 나태해지는데 월촌을 남다르다. 의지가 강한 월촌의 성향이 글 속에 녹아 있다. 역시 문장은 그 사람이다. 월촌은 늙어도 움직이고 있어 앞으로 얼마든지 성장할 것이다.

　김치는 선인들이 생활 속에 터득한 지혜의 산물이다. 그 비결은 뜸 들이는 데 있다. 배추를 소금에 절여 오래도록 항아리에 넣어두면 대부분의 미생물은 사라지지만 저온과 소금에 강하며 산소를 싫어하는 유산균은 살아남아 김치를 숙성한다. 그 과정에서 몸에 이로운 비타민과 영양소가 김치 특유의 맛과 향을 내니 신비로울

수밖에.(중략)

뜸 들이기는 바둑을 두면서 싹텄다. 바둑은 승패가 분명한 게임. 머리를 굴리지 않을 수 없다. '내가 여기 두면 상대방은 어떻게 응수해 올까. 그러면 판세는?' 하고 생각에 생각을 거듭하다 보면 시간은 물 흐르듯 지난다. 그 뜸 들이기가 학교 경영에도 은연중 나타난 성싶다.

학교 경영은 오케스트라의 지휘자에 비유된다. 우쭐대는 단독 드리블이어서는 안된다. 어깨를 나란히 하고 가야 한다. 그러기 위해서는 사람과의 접촉이 우선이다. 끊임없이 대화하고 격려하며 이해를 구해야 한다. 바둑을 두면서 일의 과정을 그려보는 버릇이 몸에 밴 것이다.

— 〈뜸 들이기〉 중에서

학교장 재직 시, 성적처리 프로그램을 놓고 교육부가 개발한 나이스 방식 시행에 정면 반대하고 나선 전교조와 첨예하게 대립했던 국면을 극복하는 데 큰 몫을 한 게 뜸 들이기였음을 김치의 발효과정에 빗댔다. 특히 바둑을 잘 두는 월촌이 장고하는 몸에 밴 습관이 사안을 숙의를 거듭하며 해결함에 기여한 것이 뜸 들이기였다고 술회한다. 잘 발효해 숙성시켜야 되는 게 김치 고유의 풍미이고, 깊이 또 오래 생각지 않으면 묘수를 얻지 못하는 게 바둑이다. 그 관건이 바로 뜸 들이기라는 것이다. 자신의 생각이 적절하고 타당한 것이었음을 학교 경영의 체험을 예를 들어가며 설진(舌盡)하고 있다. 상당히 공들인 역작이다.

내일은 생일 축하연과 함께 수료식이 있는 날이다. 유지의 어린
이집 마지막 날을 의미 있게 장식하며 자신감도 살려줘야 한다. 집
에 돌아와 줄곧 그 곡을 연습하는데 거치적거리는 게 있었다. 잘
나가다가도 '사랑하는'이라는 부분에 이르면 곡에 맞춰 왼손이 건
반에 닿지 못해 자꾸만 뒤뚱거린다.

안타깝다. 거슬리는 부분을 연달아 쳐 보도록 했다. 몇 차례 반
복적으로 건반을 두드렸는가 싶었는데, 갑자기 매끄럽게 연결되는
게 아닌가. 놀라웠다. 어떻게 이런 일이 일어날 수 있을까. (중략)

한 단계 훌쩍 날아오르다니. 바로 점프였다. 유지는 노력 끝에
건반을 두드리는 손끝이 매끄러워진 것이다. 놀랍다. 그것을 손끝
의 점프라 하면 어떨까. 뇌와 손끝의 신경은 정교하게 연결돼 있으
니까 반복 연습에 의해서 손끝의 움직임을 뇌가 리드미컬하게 연
결한 것이다.

— 〈손끝의 점프〉 중에서

어린 손녀 유지가 하고 싶어 하던 어린이집 수료식 날 친구 생
일 축하 노래 피아노 연주를 위해 연습하는 아이를 지켜보며 노심
초사하던 얘기다. 그 과정을 조손의 가쁜 숨결까지 담아내고 있다.
손녀를 보듬어 키워야 했던 형편이 있었을 것이나, 왜 피아노 쪽은
할머니일 것인데, 월촌이 맡아 나섰는지 두 말할 것 없이 아이들에
자상하고 한없이 자애로운 성품 탓이리라. 으레 손녀를 피아노 앞
에 앉혀 놓았을 것은 불문가지의 일이다.

완벽한 연주를 해 박수를 받았고 연주자인 손녀나 그 할아버지

인 월촌, 둘 다 크게 완주를 기뻐했다. 완성이었다. 그러고서 희망의 끈을 놓지 않는다. '이제 유지는 유치원생이다. 미지 속으로의 입문, 선생님과 친구, 교실들이 모두 낯설겠지만 녀석은 적응이라는 흐름을 타며 점프를 계속할 것이다.'

혈육에 대한 순연한 사랑이 미래에 대한 기대로 흐르고 있다. '손끝의 점프'는 제목부터 참 기발하고 신선한 착상이다.

한 줌의 재가 흙과 버무려져 다져지고 다져져서 돌덩이로 변신할 수 있다면, 더 바랄 게 없겠다. 그게 서울 광화문의 주춧돌로 쓰일 수 있다면, 그런 광영이 어디 있으랴.

무척 짓눌리겠지. '아이고' 소리가 절로 날 것이다. 그래도 참아내야 한다. 우선 일용할 양식이 필요치 않아서 좋다. 비와 바람만 스쳐 지난다면 안분지족이 되고도 남겠다. 생존경쟁과 자연도태와도 무관하다. 그러면서도 사람들이 살아가는 모습을 눈여겨볼 수 있어 됐다.(중략)

무심의 세계로 들어서고 싶다. 돌은 내게 상처를 남겼지만 복잡한 한 생을 마감하는 그 날이 오면, 모든 것 활활 털고 내면으로만 받아들이는 돌이 되고 싶다.

— 〈돌이 되리〉 중에서

아잇적 돌에 눌려 새끼손가락이 찢겨 피를 흘리게 했던 돌이 제주를 대표하는 빌딩 KAL호텔을 짓는 건축 재료가 됐다. 그리고 화산활동과 퇴적 · 변성작용을 거치면서 생성의 역사를 지니고 있다

는 데 생각이 미친다. 달라진 인식과 돌의 존재감이 사후 윤회사상
으로 사유의 범주가 확산되면서 '광화문의 주춧돌'에 이른다. 상상
에 날개를 달아 무한 허공을 훨훨 날고 있다

　　결국 상상의 도달점은 무심의 세계다. 한 생의 무거운 짐을 다
부려놓고 돌이 되겠다고 말함에 서슴지 않는다. 월촌은 무심의 세
계 한복판 어디쯤 돌이 있을 것을, 마음의 눈으로 보았을지도 모른
다.

　　결말의 '한 생을 마감하는 그 날이 오면, 모든 것 훨훨 털고 내면
으로만 받아들이는 돌이 되고 싶다.'는 깊은 사유의 결과물로 명문
(名文)이다.

　　어느 날 밥솥을 씻어 봤다. 밥솥 위아래에 수세미를 대고 박박
문지르자 일이 싱겁게 끝난다. 아래 흐물흐물해진 눋은 밥은 물론
이요, 윗부분에 눌어붙은 밥풀까지도 쉽사리 벗겨지는 게 아닌가.

　　신기했다. 그냥 지나칠 일이 아니었다. 며칠 후 설거지할 일이
또 생겨 밥솥 안을 살펴봤다. 가장자리 쪽에 눌어붙은 밥풀의 감촉
은 보기와는 달랐다. 겉은 까칠한 듯했지만 속은 촉촉했다. 밑창에
있는 물이 벽을 타고 번져 나간 것이다.

　　번지다. 사방으로 점점 넓게 퍼져나가는 걸 이른다. 물이 담긴
그릇에 거즈의 한쪽 끝을 대면 물이 마른 거즈를 타고 자꾸만 위로
올라온다. 번지다가 일어난 것. 뿌리털이 물을 흡수하고 등잔 심지
에 기름이 올라가 불이 켜지는 게 그런 원리다.

― 〈번지다〉 중에서

표제작이다. 월촌은 '번지다'에 대해 몇 가지 현상을 빌려 구체화하다 맹자 모의 고사를 끌어들인다. 소년 맹자가 공부하러 떠났다가 어머니를 보고 싶어 돌아왔다 하자, "네가 공부를 그만두고 쉬는 것은 이렇게 베를 자름에 다름 아니다."며 베틀을 자르고 돌려보냄에 캄캄한 밤중에 즉시 집을 나섰다는, 많은 이들에게 큰 울림을 준 얘기다. 월촌은 학생들에게 기회가 닿는 대로 이 고사를 들려주었다고 한다. 교직 생활의 둘레로 넓게 또 멀리 번져 나갔을 것이다.

첫 수필집 『석양의 메시지』처럼. 그리고 그 번짐은 많은 시간이 흐른 오늘에도 잔잔한 파문으로 일렁이며 번지고 또 번질 것이다. '번지다'는 여운을 동반한다.

'번지다'는 멈춰 있지 않다. '번지다'라는 동사에 흐르고 있는 운동에너지가 시나브로 진행형으로 그 태깔을 바꿔 흐른다.

월촌은 그래서 움직임을 완료한 명사형 '번짐'을 놓아두고, 동사 기본형 '번지다'를 내걸었을 것이다. 월촌의 좋은 글들이 수필을 사랑하는 이들의 영혼 속으로 화선지에 번지는 묵훈(墨暈)처럼 번질 것이다.

그 시절은 오래 가지 못했다. 입대하라는 입영통지서가 초짜 선생에게 날아든 것이다. 무더위가 한창일 무렵 그는 반년 만에 내 곁을 떠나갔다. 꿈결 같은 시간이었다. 한없이 서운했다. 그는 내게 바둑이라는 미지의 세계를 열어줬고 우정의 향긋함을 알려줬다.

내게도 그런 추억이 있었다. 순수했고 아름다웠다. 다시는 이룰 수 없는 열정과 낭만 그리고 우정이 시골 학교에서 피어난 것이다. 그는 내 마음속의 붓다. 그 시절이 그립다. 다시 한번 그 시절로 돌아갈 수 있으면 좋으련만.

70대 중반의 늙은이는 아직도 그런 열정의 삶을 꿈꾸며 살아간 다.

— 〈내 마음속의 붓다〉 중에서

이웃으로 만난 젊은 동료 교사와의 인연을 소중한 추억의 갈피에서 꺼내놓았다. 바둑이라는 미지의 세계를 열어준 그를 임의롭게 '초짜'라 하고 있다. 바둑으로 맺어진 인연이 급기야 우정으로 발전하면서 그는 월촌에게 '마음속의 붓다'가 되기에 이른다. 당초 바둑으로 연이 닿았지만, 동호인을 넘은 우정을 품게 됐다는 것인데, 그 우정은 다시 붓다로 흘러 월촌의 마음속 깊은 곳에 자리매김하고 있다.

단지 그를 그리워하는 게 아니다. 나이 드는 월촌에게도 이제 황혼 의식이 깃들었는가. 젊었던 그 시절의 낭만과 열정에 대한 그리움이 있을 것인데, 그 그리움이 뼛속에 사무쳐 짙고 깊다.

3_

이 글을 쓰면서 월촌이 어느덧 여든의 문턱을 서성이고 있다는 사실에 새삼 놀란다. 월촌에게도 나에게도, 그것은 우뚝 우리 앞에 다가선 높고 거대한 벽이었다. 2015년 등단 이래, 손수 한 덩이 한 덩이 돌을 쌓아 축조(築造)한 성(城)으로 앉아 있는 그의 수필, 그래서 존재의 근원적 허무를 느낄 때마다 고독 속에 썼다 지우고 지웠다 다시 썼을 『번지다』를 채워 놓은 원고 뭉치. 그새 월촌이 붓을 놓지 않고 글을 많이 쓰고 있었다는 데 경의를 표하지 않을 수 없었음을 토설해야겠다.

인용작 말고도 품격을 갖춘 좋은 작품들이 적지 않았다. 〈또 하나의 세계를 접하다〉, 〈번식, 그 경계는〉, 〈역사의 아이러니〉, 〈바느질 연정〉, 〈안개 속〉, 〈장모님과 홍시〉, 〈불안이라는 질곡〉…. 이들은 제목만 보아도 작품이 함축하는 지적·정서적 향훈이나 관념 혹은 철학적 사념을 제재로 한 수작들임을 알 것이다. 눈만 맞췄으니, 지면의 한계를 넘지 못하는 아쉬움이 있었다.

월촌은 평생 교단에 섰던 교직자로 남달리 온화하고 결곡한 성품을 지니고 있다. 다정다감하고 마음 따듯한 사람이다. 그리고 인품이 참 올곧고 미덥다. 그래서 그에게서는 그가 살아온 인생의 향기가 난다. 글을 쓴 작가에게서 향기가 나야 수필에서도 향기가 난다. 수필은 무턱대고 체험을 진술해 늘어놓으면 되는 글이 아니다. 자신의 삶을 마음이란 거울에 실상으로 비춰 낼 수 있어야 수필을 쓸 수 있다. 인간이거나 사물, 사상(事象)에 이르기까지 그 존재 가치에 대한 깨달음―'자득(自得)의 눈'을 뜨지 않으면 안된다. 월촌 수필은 마침내 그 경지에 이른 것이다.

월촌에게 나지막이 귀엣말로 이르고 싶다. '수필은 어휘다.'라는 단구의 말. "수필을 쓰고 못 쓰고는 작가가 단어를 얼마나 많이 갖고 있느냐의 여부가 결정한다. 단어를 많이 알지 못하면서 글을 쓰는 것은 중증 장애의 손으로 마술사가 되기를 꿈꾸는 것과 같다."

소설가 조정래의 말이다. 이 어법의 행간을 읽을 필요가 있다. "5백 권의 책을 읽지 않고는 소설을 쓰려고 펜을 들지 말라."고도 했다.

시는 문법을 파괴하고 소설은 잡동사니다. 우리의 모국어를 제대로 구사해야 할 몫은 온전히 수필의 것임을 알아, 우리 함께 어휘를 많이 가지려 심혈을 기울이자는 간곡한 부탁을 하려는 것이다. 어휘를 내 것으로 한다고 발버둥 쳐도 잘되지 않는 내 경험에서 나온 속앓이다.

거듭 말하지만 월촌의 수필은 이제 환골탈태(換骨奪胎)했다. 몇 번의 허물을 벗은 것이다.

몇 년 전, 일박하던 동인 활동 워크숍에서 잊히지 않는 일이 떠오른다. 이른 아침 주위가 좀 부산한 분위기였는데도, 이를 무릅쓰고 월촌이 벽에 기대앉아 수필집을 읽고 있던 오래된 그 장면.

다독했으니 양질의 작품이 나오는 것은 너무도 당연하다. 월촌에게 일찌감치 1, 2년 후 '제3 수필집' 상재를 권해 둔다.

번지다

이용익 두 번째 수필집

2쇄 인쇄 | 2022년 05월 20일
2쇄 발행 | 2022년 05월 27일

지 은 이 | 이용익
펴 낸 이 | 노용제
펴 낸 곳 | 정은출판

출판등록 | 2004년 10월 27일
등록번호 | 제2-4053호
주   소 | 04558 서울시 중구 창경궁로 1길 29 (3층)
대표전화 | 02-2272-9280
팩   스 | 02-2277-1350
이 메 일 | rossjw@hanmail.net
홈페이지 | www.je-books.com

ISBN 978-89-5824-443-1 (03810)